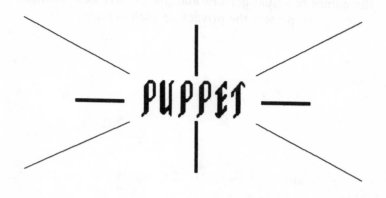

PUPPET

A CHICANO NOVELLA

POR

Margarita Cota-Cárdenas

RELÁMPAGO BOOKS PRESS
AUSTIN, TEXAS

While this book is based on an actual series of events,
parts are fictitious, including some of the characters,
and with the exception of public figures,
the names of actual persons and places have been changed
to protect the privacy of such persons.

Published by RELÁMPAGO BOOKS PRESS
P.O. Box 43194, Austin, TX 78745
Editors: Petra García and Juan Rodríguez

Library of Congress Catalog Card Number: 85-63105

First Edition

ISBN 0-9614-964-2-8

RECONOCIMIENTOS

Quiero dar las gracias a todos los amigos que me apoyaron durante los últimos diez años para que así fuera posible este libro. Son muchos, pero especialmente por este libro **les debo** a Diana y Eliana, Rolando, Aristeo y Miguel, y a Justo. A Petra y Juan, mis **publishers**, a Francisco por leernos el manuscrito con tan poco tiempo y por su respaldo de compañero.

Gracias también a mi familia por el cariño --nunca me fallaron, y cuando yo sufría pues allí estaban para alentarme: mis padres Margarita Cárdenas y Jesús Cota, mis hermanos, siempre mis hijas María Cristina y Bianca Marisa, mi hijo Lee Richard, la Nanny Fish, y Tom Parrish, mi marido.

Este libro no existiera sin estos compañeros, sin el apoyo de mi familia. Pero por último, quiero reconocer a "Memo", quien me respaldó en mi deseo de contar lo de Puppet. Que no se nos olvide, y que tengamos el coraje para actuar.

Dedicated to the powerless,
who, like Puppet, must struggle daily
for their small share of human dignity
and self respect.

1. ELLA SIEMPRE FUE INCLINADA AL ROMANTICISMO

Aprendió a leer y escribir, leyendo el *Pepín* de Mexicalli... *el español*

Soñaba que la iba a besar el padre de su niña Marisa, aquél que tenía las pestañas rizadas tan bonitas y oscuras, ya la iba a abrazar, casi la tenía en un abrazo y casi le decía algo dulce como —Cara mía...amore mío de gli'altri...y Petra empezaba a sentirse húmeda y sabrosa y a gusto y casi casi se venía a todo dar...BRINGGG...BRIIIINNNGGG... *sueño sexual de la mujer · interrumpido*

BRIIIIIINNNNNG...Hello? Quién...Is that you Memo?

—Hi Petra? Yeah, it's Memo...Pues, te llamaba pa' decirte que, pues que mataron...

—Memo, what did you say? Qué quién mató a quién?

—...a Puppet. Mataron a Puppet.

—Cuándo, Memo? Cómo? How can that be? My God!.!

—...La policía. Jue anoche, la Policía lo mató anoche...lo balacearon. No lo vites en las news? *en vez de fue*

Aquí se le fue la voz. Le pregunté que si podía venir a contármelo en persona. El dijo que debía estar en el trabajo en el eastside de Southwest City, pero que no podía trabajar y vendría en el pickup ahora mismo. Para cuando llegó, yo me había vestido en sweatshirt y levis y había empezado el café. No lo podía creer...Cómo podría estar muerto el Puppet? Si apenas habían estado en la oficina todos ellos, el miércoles pasado...Apenas era un chamaco, cómo podía ser, qué habría hecho el Puppet que lo mataran..."...lo balacearon, no lo vites en las news?" Pues, no recordaba nada...Lo que sí, que esto le iba a pesar mucho a

1

code-switching

Memo...No fue apenas el año antepasado que enterraron a Félix, el hermano del Memo...Que se había hecho O.D.,como si fuera ayer...

—COMO SI FUERA AYER AYER

—Memo, what happened yesterday—Pete Lester was calling to see why your crew didn't show up to lay that brick work along the driveway at the Jameson house. Dijo que ya casi terminaban pero you had to come in with the guys to finish up, que también necesitabas traer más adobes para hacerlo bien, que tú sabías...He said he was surprised cause you never failed to show when you said you'd come, unless you called before...

Memo me miró chistoso, la cara sudada, sacó un pañuelo y me dice mientras se quita el sudor,

—No te dijeron, Petra? Mete el pañuelo en la bolsa de atrás del pantalón kaki que lleva manchas de polvo y flecas de cemento, recarga el brazo grueso y oscuro en el poste que está en medio de la oficina dondo estoy yo tras el escritorio, y voltea la cara ancha y firme, mirándome fijamente. —No te dijeron que ayer enterramos a Félix, mi hermano?

—Ay dios mío no Memo nadie me dijo nada, pos no pasó casi nadie por aquí ayer, pa' tomar café y solamente entraron un par de drivers pa' usar el teléfono y pedir direcciones porque traían un load de madera para la casa que está haciendo Nick para los Silbermann. I called your house, but nobody answered, bueno eso fue por la tarde...God, yo no sabía...Come to think of it, si no me has hablado por unos días...Memo, qué no me dijiste que Félix was getting himself straightened up, que lo estaban dejando salir durante el día de la cárcel para trabajar contigo y sólo tenía que volver por la noche por lo del sentence que le dieron? Memo, si ni me habías dicho por qué lo agarraron...Oh my God, Memo, pues qué le pasó, I'm so sorry, yo creía que andabas callado por el trabajo, que siempre te traen por aquí y por allá estos señores builders...

Memo va a un sofá largo cerca a la puerta de vidrio y el driveway de piedras y grava...La oficina en que estábamos sentados Memo y yo, permanecía absolutamente quieta en ese momento,

2

los teléfonos raramente en silencio. El edificio colocado en una colina baja en el fraccionamiento, tiene dos paredes parciales, el resto son ventanas para que los turistas o clientes prospectivos puedan gozar de la vista impresionante de Southwest City por las ventanas. Memo vuelve la cara hacia la ventana que corre al lado este del edificio, desde donde se pueden ver casas en construcción entre casas de adobe elegantes, piscinas, y ondulantes caminos entre los arbustos y alguno que otro sahuaro colocado artificialmente o por casualidad dejado en paz en su ambiente natural. Estos son puros custom homes, hechos por y para gente rica, pues. Pero en esos días, ni Memo ni yo sentíamos ese resentimiento, que ahora con lo de Puppet...Pero me estoy adelantando...What I was telling you was that Félix had O.D.'d...Overdosed. Eso era lo que Memo me estaba diciendo, que Félix, uno de los siete hermanos menores de Memo... *se murió*

—He got messed up with drugs...Y tú sabes, Pat, que las drogas pues pueden fregar a uno, y estos chavalos, pues no le hacen caso a uno...Pos l'ije tantas veces, Félix, it's no good, you know that it hurts everybody to see you go round with those people, son pura gente perdida y embustera y no te quieren y les 'tas quebrando el corazón a mi amá, y pues tú sabes Petra cómo a la jefita le ha de doler verlo al Félix asina...How did they get him? Pues es pura raza, y los agarran chiquitos...—Aquí Memo ya no puede hablar, yo volteo a examinar la pared porque no necesito verlo para saber que llora. Puedo oír que traga, trata de decirme algo, se levanta de repente y sale bruscamente hacia la camioneta, donde lo esperan Carlos y el Puppet con Medeiros, el nuevo trabajador que acaba de venirse de Rayón, en Sonora.

Al principio, cuando recién llegué al trabajo, Memo y los trabajadores me saludaban bien cuando venían por los recados en el bulletin board que les dejaban los contratistas que allí construían, pero no se quedaban para bromear de paso o platicar cuando había tiempo, como lo hacían con los hombres que tomaban sus cafés y sus propios recados en la oficinita de atrás donde manteníamos el centro de refrescos.

—Sabes, te teníamos miedo porque nos había dicho Stan (nuestro patrón) que eras maestra de español y que trabajabas también en la universidad...

3

osalidad

Pero como te pudíanos hablar en español, se nos hizo que pos...

Yo también era maestro, señora —me dice Medeiros- pero cuando uno se va a vivir a un pueblito como Rayón, y cuando la mujer de uno le va obsequiando cada año con un varón más, bueno, ha de entender usted cómo se nos hizo difícil quedar allí...Primero me vine yo solo, luego mandé por mi mujer y los hijos menores. Los grandes andan, dos in Hermosillo y uno en la capital...Los que están en Hermosillo la hacen de mecánico y jardinero, y el que está en México...Bueno, de él no hemos sabido nada desde que llegó. Nos escribío que había encontrado un trabajo en una casa de departamentos, ayudando con la limpieza y como portero de noche, y dijo que vivía en un cuarto en el techo del edificio que quedaba en la Colonia Hipódromo, en casa de una señora judía yugoslava. Nos preocupa porque en la carta dice que compartía el cuartucho con un muchacho un poco mayor que él...metido en la política, creo...pues no sé si usted sabe algo de eso que le llaman "lo de Tlatelolco". Para abreviarle el cuento, le diré que sospecho embrolló el compañero a mi hijo en alguna cosa...que salían juntos a desparramar folletos en el parque en frente del edificio, pues imagínese lo que podría sucederles...Sí, es el mayor de nuestros hijos, al que más le daba por los libros...Rayón? Que su gente era de por allá también? O no, Rayón es un lugar muy sin chiste, señora...

Le pregunté a Medeiros, en una ocasión, por qué no era amargado, con tanto de lo que había pasado. Tenía unos ojitos verdeschispa, era alto pero gordito. Era güero en contraste a Memo y los otros trabajadores, arrugada y fina la piel de la cara y de las manos. Se ponía rojo por la tarde con el trabajo que hacían afuera todo el día. Ese día, habló de cosas distintas, como con nostalgia de su tierra, mientras Memo iba por unos adobes con los trabajadores jóvenes.

NO SE PODIA VER SI ERA JOVEN O VIEJO, YACIA BOCABAJO, EN UNAS MANCHAS ROJAS, IRREGULARMENTE FORMADAS Y QUE EXTENDIAN DEL CUERPO ANGULAR. YO NI OIA LO QUE DECIAN LAS NOTICIAS porque hablaba con Vittorio, el padre de Marisa, por teléfono, tratando de convencerlo de que debía venir a cenar con nosotras y no había puesto fuerte el sonido del televisor.

4

TU NUNCA QUISISTE OIR. TE ACUERDAS? TE ACUER-
DAS? Pues te va a pasar algo, ALGO malo, ya verás, ya verás.
Just because you're paranoid doesn't mean they're not out to get
you, te acuerdas que lo dijo esa maestra y escritora negra? Pues
sí, por todas partes la regaste. Like when you made your Holy
Blessed CONFIRMATION COMO SOLDADA DE CRISTO
De la Santa Fe o sí muy bonita en tu vestido blanco con velo y
muy amante de mea culpa por aqui mea culpa por allá...pa lo
que nos sirve ahora, mensa VENDIDA...O Seguro, eran muy
católicos en aquel pueblito donde naciste en el Valle Imperial,
muy santos eran todos...

—Cuando entre el Señor Obispo, ustedes se ponen de pie, hasta
que ellos lleguen al altar. Cuando él dé vuelta para darles la
bendición, inmediatamente se hincan y bajan la cabeza.
Because I said so, Petra, that's why, and you can then see him
when he finishes saying the bendición...Yes, that's when you can
raise your hand to answer the questions Father Bincennes will
ask. After you've all gotten to answer questions, the Bishop will
finish up the ceremony and we'll have a processional outside.
Then you get to kiss the Bishop's hand. Yes, it's a blessing to be
able to do it, too, like when you receive Holy Communion.

Estaba muy nerviosa, pero con ansias de quedar bien. Pues sí me
había estudiado la dotrina, seguro. Me habían comprado el
vestido y velo en el Mercado, en el Bulevar en Mexicali. Yo, muy
independiente a los once, me había escogido los Ninos entre los
muchos tíos que vivían también en Betaville. Umjum, era muy
chiquito el pueblo...pues, uno ahora no puede ir en el Hiway 99
por allí, porque el Freeway va por El Centro y hacia Yuma,
that's why. Qué qué? Qué point?

Oh, oh...the point is, que con tanto querer quedar bien, alzabas
la mano y la agitabas para llamar la atención con cada pregunta,
y que tú sabías, tú sí sabías... Hasta que te llaman a ti y qué bien
quedaste, verdad? Como te decía, no sabes nada, ni entonces
supiste, JA JA JA

—What is the meaning of original sin? Yes...Petrita Leyva?...
Well?... Well, I see that Petrita is having trouble speaking up...
Celia, do you know?

SI MUY BIEN QUEDASTE TARTAMUDA MEA CULPA TODO LO QUE QUIERAS JA JA PERO MUY BIEN QUEDASTE Y contenta pero muy contenta cuando el Bishop ése te permitió besarle el anillo verdad boy oh boy DID YOU LIKE TO DO THE RIGHT THING?

SI SIEMPRE FUISTE MUY DAYDREAMER
PANIC BUTTON ROMANTICACA

2. PARECÍA UN MUÑECO DE HILOS, COMO TÍTERE

—Pat, sabías que Puppet tiene girlfriend nueva? Memo, Carlos
y Medeiros salen de atrás con unas sodas. Puppet los sigue, el
anda irregular debido a no sé qué defecto o accidente. Cojea
cuando camina. La verdad, que nadie lo nota porque la gente
desconocida pronto se fija en la belleza de la cara del joven. Pelo
oscuro algo largo, medio rizado, una cara delgada, prieto por
naturaleza y más bronceado por el trabajo, y unos ojos hermosos color chocolate. Ojos bien vivos. Le da una mirada de
desprecio a Carlos, y éste se calla aunque sueltan todos en
carcajadas. Todos se ríen menos Puppet, quien cojea hacia la
puerta, furioso ahora y meneando los rizos les dice fuertemente
al salir al porche, —Velás si te invito a una birria pol la noche,
cablón Carlos...

Medeiros se levanta y va a tirar la botella vacía: — Déjenlo ya,
muchachos, al cabo son las 4 y pasadas y estamos dándole desde
las 6 y media...

Memo contesta, riéndose otra vez, —Sí, ya los llevo, espérenme
ajuera, pa'llá voy...

Se acerca a mi escritorio y me dice:—You've got to hear what
Puppet did at the dance the other night...Carlos y los otros
muchachos me dijeron que el Puppet llevó a una chavala nueva
al baile que se llama Inés...Pos le preguntó una gabachita que
estaba allí que si cómo se decía "Inés" en inglés...Pos ya debes
conocer al Puppet, no sabía qué decir, y pensó un segundo y le
dijo a la gabacha que se decía "Inerest". Pos la pobre muchacha
del Puppet...se le quedó así toda la noche, porque les cayó tan
chistoso a Carlos y a los otros, que toda la noche le preguntaban
al Puppet que si dónde se había encontrado a la señorita Inerest,

7

que si en el Banco, que si era muy ineresting la Inerest, que si le había pedido permiso al papá pa' *check out* la Inerest...qué ocurrencias de este Puppet—...Well, we've gotta go porque el Puppet y yo vamos a ayudarle al vecino de al lado de donde vivo para componerle la casa...Se emborrachó la semana pasada el bato, el vecino que te digo, y se llevó una esquina de la casa...la sala...qué gente, verdad?...Ay voy! Pos me 'stán esperando los chavalos...we'll see you later, mija...Ajá, es una lata lo de la casa del vecino pero por lo menos el Puppet me va'ayudar, es muy acomedido...

—Mamá, you know at Pepi's where I work there's a couple of girls working with me from the West Side, yeah, they live over in Memo's neighborhood. They call it the "barrio"...what's that? No, they aren't too poor, I don't think, because they're going to buy some real fancy dresses for something they call a quinceañera. Creen que soy muy diferente porque no hablo mucho el español...and then when I didn't even know what a quinceañera was...Well, they all laughed in the kitchen and Estér told me to ask my hot-shot mother, the Spanish teacher, what that was...Yeah, I was embarrassed...

—Listen, María...I know how you feel...But your Dad spoke English only, we were far from the family, and it was the easy way out...por lo menos, quisiste aprender después, lo hiciste por tu cuenta, y lo hiciste bien. Yes, I remember trying to teach you, but after I said something in Spanish, you'd squirm anxiously and say, "But what does that mean?..."Pero...about the quinceañeras...my family didn't believe it, not in our days...Y no creo que toda la gente lo haga...la gente que trabaja en el campo, por ejemplo, no tiene el dinero pa' esas cosas...y si lo hacen, pues es pérdida de dinero...para no decir de tiempo. Muy bonito, vestirlas de blanco, gastar montones de dinero en la fiesta, hacerlas pensar que con todo y eso y su misa especial, serán felices para siempre...O algo así es lo que les dicen...

—Okay, okay, ma! Don't get so self-righteous, anyway...I just felt dumb not knowing what they were talking about...No, me tratan muy bien, well you know a couple of them are my close friends...Me dejan hablar lo que quiera en español, allí en el trabajo...No, no se ríen de mí...Bueno, sometimes sí...but I laugh

8

too...Anyway, I'd rather wait and spend my money on a big church wedding, like Aunt Belita and I'll wear a beautiful long white lace dress with rhinestones and a lazo de perlas and oh, yeah, mariachis too...

—Oh God, María, no entendiste...

El hospital de Santa Cruz queda al lado oeste de Southwest City, colindando al Barrio. Bueno, los barrios Brown y Parado. Memo vive por allá.(La raza de por allí prefiere llevar a sus enfermos a Santa Cruz a pesar del edificio anticuado, porque por lo menos allí hay mucha gente que habla español, mucha es raza y le ayudan a uno.) Al principio le hicieron mucha propaganda a Unity County General, que queda yendo al aeropuerto--una construcción de mucho lujo, en todos sentidos...Equipaje de lujo, cuando llegas al parking y vas caminando por la banqueta, hay hasta un pond con arbolitos y matas de lujo, parece que vas llegando a un hotel de lujo...Pues la gente no quiere ir ya allí...quesque el servicio no aparece cuando uno se ha pasado sus pinchis dos horas esperando en el emergency o admitting, que el equipment no funciona como debe...(so much for the computer age, mijos) y quesque muchos materiales y medicina, todo tipo de cosa desde vendas de gasa hasta el éter, desaparece del inventory...(poverty works in mysterious ways its wonders to perform).

Memo despierta de salto, se incorpora en la silla al lado de la cama con su carpita de oxígeno. Los respiros hondos de Félix parecen sacudirle todo el cuerpo, y aunque es un muchacho grueso, y sólido, empieza a estremecerse con ese esfuerzo más y más difícil de respirar aire, más, suficiente aire.

—Empezó a sacudir como un palito en remolino de viento, Petra...Le costaba mucho cada respiro, y se empezó a poner muy colorado y oscuro con el esfuerzo, esto duró unas horas-...Entonces, ya a lo último...A lo último, me miraba con unos ojos grandes de espanto, la cara toda torcida, y empezó a querer 'ijirme algo...hacía unas muecas muy feas, abría la boca grande para hablar y se le arqueaba la espalda porque se levantaba en parte de la cama tratando de decirme algo, pero no le salía nada...no podía pronunciar nada...Y se espantaba más y más

9

con el horror de no poder. Solo pudo hacer —Aaaggh...Aaaggh- Memo no puede seguir por el momento. Se recupera...y termina:—No pude hacer nada más que abrazarlo y tratar de tenerlo en los brazos...He wanted to tell me something, Pat, pero no podía...me quería 'ijir algo y no pudía...Y así se nos jue, en uno de esos agarrones del cuerpo, tratando de respirar y de 'ijirnos algo...Duró una semana casi, en critical condition en el hospital. Y no mejoró nunca, así estaba cuando lo encontramos en la sala de la casa por la noche, que la Nancy me despertó y me dijo que oyó que había entrado gente a la casa hacía un rati- to...Eran como las dos, tres de la mañana y yo sabía que...Some- thing was wrong, había unos sonidos extraños que vinían de la sala...Unos ronquidos desesperados, asina...Memo saca el pañuelo, se limpia gotitas de sudor, la mano temblando, y se levanta:—Mejor te platico más otro día, Pat...todavía me cuesta muncho...

LA CABEZA MORENA YACIA EN UN CHARCO DE SAN-
GRE, LA CARA NO SE VEIA, ERA DE NOCHE...TODO
OSCURO ALREDEDOR, EL CUERPO LE RECORDABA
ALGO...

Cuidado, tuerta, esto se te va poniendo peligroso, ya veo que te pones incómoda, como que te duele o molesta...qué es, eh? La muela del juicio...Oh, qué no era tiempo, ja, ja, cómo me haces reír, no empieces con tus meas culpas, ya no más meas...Cui- dado, o no sabes a lo que te llevarán estos discursos ajenos todavía? Síguele, síguele, ja, ja...Bola de masa...Sí, muy educ- ada, y nunca has hecho *nada,* pero *nada* para *los otros*...

Es que ya ni te acuerdas:
—Una vez, en Las Palmatas Elementary, sí por allá en el Valle- ...(Bueno, es que no quieres recordar, por tus propios propósitos lo haces, pero escucha:) Una vez, nos metimos a jugar la ameri- canita Sadie y yo, en el auditorium que estaba vacío...Era la hora del recess, y andaban todos afuera...Todavía huelo el aceite del piso, de aquél que se usaba para darle polish a los pisos de madera de antes...Pues eran escuelas antiguas, las de esos pueb- litos del Westside, a veces allí al lado estaban los files y se podía ver a la gente pizcando desde el playground. (Esto me recuerda del Convento del Buen Pastor en Nuevo México, pero ése ya es

otro cuento...) Pues, la Sadie y yo aventuramos ese día, hasta donde estaban los escalones del stage, y subimos al cómo se llama? al *proscenio,* ajá...Ella y yo nos sentimos de repente inspiradas a...no sabíamos qué cosas grandes. Así, ella empezó a cantar,"My country 'tis of thee...," y pos yo también me abracé a ella, muy orgullosa,...Pues cómo no? O ya se te olvidó que mis primeras palabras en inglés habían sido, allá en Mexicali al llegar el carro de mis papás a la garita de regreso..."**American-born**..." Pos, como te decía, esa vez con la Sadie, se me ocurrió que tenía que inventar algo, algo grande y original, y no sé ni por qué pero se me salió un "We shall REBEL!" Ajá, así muy suave con el brazo en el aire y el puño cerrado, *así*...No, no, no estoy inventando ni componiendo aquí...de veras que eso fue lo que grité...Pero no sé por qué, como te digo, si yo era la niña más contenta (eso sí lo crees, verdad?)...Vivíamos en carpas, en el primer campo que hizo mi papá...No, ese campo era de familias, no de braceros, pero para allá voy...Pues, el pueblito de Masterton era un lugarcito sin chiste, pero ahora puedo recordar muchas cosas...Bueno, lo que se le graba a uno, lo que se le queda grabado a pesar de ser uno como es, como sea, o a lo mejor como puede ser...

Cuidado, ya te estás saliendo fuera de papel...Esa no eras tú quien empezó a hablar, es otra...cuidado, eres muy atravancada y hay que cuidarte para que no te me salgas con...tu vuelo, volada...Y qué qué de los charcos de sangre? Ja Ja, síguele...

ERA UN CUERPO QUE PARECIA UN MUNECO, UNO DE ESOS DE HILOS Y MADERA, TODO ANGULAR, UNA PIERNA PA'LLÁ, OTRA PA'CÁ...

—No lo vites en los news anoche, Pat? me dice Memo al entrar a la cocina.—Well, it was the late, late news. I guess maybe you missed it...No, también al tío de él, aquél con quien vivía, te acuerdas que te conté una vez que el Puppet ya no vivía con su papá porque se fue éste a Colorado, hace como dos años...lo hicieron kick-out al Puppet cuando cumplió quince...Pues porque era muy fregada la vieja ésa, no tenía corazón or something...Bad news...qué gente...Pues al Puppet y al tío anoche...yes, that was him, they've been showing the picture on the news this morning...Sí, ése jue, el Tony López, ése jue el

Puppet... Entramos a la sala con el café, abro las ventanas, se sienta Memo en el sillón, pensativo por unos momentos. Sigue:

—Solamente tenía diecisiste años, sabes? Vinía a comer con nojotros para no molestar muncho a los tíos...Pues a la Nancy también le caiba muy bien el chavalito, pos cómo no...Caía bien, verdá? Good-looking batito, verdá? —Ni Memo ni yo nos miramos por unos momentos...Yo, para no empezar porque en este momento si él ve que yo lloro entonces...así que lo escucho y sólo de vez en cuando meneo la cabeza, o que sí o que oh no...

—Aquella vez que le compusimos la casa al vecino, el que le había quitado una esquina a la sala por venirse manejando y pisteado, te acuerdas, pues aquella vez el vecino nos quiso pagar por el trabajo. Pero pues ni yo ni el Puppet queríamos pago...el Puppet no más l'ijo:—Nel, ése, lo que quielo e un pal e Burguis flías...

Memo tiene dificultad en seguir, y por fin dice...—No me puedo quedar muncho, Petra...hay que ir a ver qué hacer...to'avía 'stá grave el tío del Puppet...He's the only witness, besides the police...Es que hay algo muy estraño, la chota dijo que...pues yo no entiendo cómo...we're trying to find out what happened...Jue ajuera del Fourth Street Bar...pos no 'stamos seguros qué andaban jaciendo por ai...He'd had some trouble with somebody at the cantina earlier...Es que el Puppet andaba muy extraño los últimos días, muy extraño...Hace como una semana, iba en la calle Saguaro después del trabajo un día caminando, cuando pensó que vio a su'apá...como que había pasado el 'apá en un carro, ves?...Y corrió tras el carro, para ver si era él, y como nunca lo alcanzó, se desesperó...Y estuvo así toda la semana, buscando al papá por las calles, llamando a la gente, a los conocidos, preguntando si habían visto a su 'apá, pero naide lo había vido... Y así que el Puppet se desesperó y empezó a tomar hace dos o tres días...Ya no vino al trabajo los últimos días-...tomaba y tomaba, insistiendo que lo había vido, había vido al 'apá...Nos daba lástima, pero como teníamos que estar en el trabajo, solamente lo pudíanos checkup por la noche...Y anoche no lo encontramos...We went looking for him, when someone called up and said Puppet was going back to the Bar, that he'd been drinking...Pero para cuando lo encontramos...Güeno, me

12

voy a ver si encontraron al papá del Puppet, para ver si él nos ayuda a reclamar a la chota...somebody's gotta do it, mija...—Memo me besa la mejilla, y se despide, cerrando la puerta...

Tú no lo podías mirar, verdad, pero no era solamente por lo que dijiste que para no soltar el llanto, etc...jumm...No le querías ver bien, los ojos a tu amigo...Qué te pedían qué te hacían te hacían te hacían a pesar de ti pensar, ja ja? OJOS BIEN VIVOS COLOR CHOCOLATE...

Por unas semanas después, me entró la insomnia. Pasaban casi diario, noticias acerca de la investigación, que se incitó por algunos individuos, de las circunstancias en las que había muerto aquel niño apenas era un niño...No sabía todavía exactamente por qué Memo decidió confiar en mí, pero empezó a llamar por teléfono en esos días para informarme de lo que se iba sabiendo...Pasaba por la oficina para recoger los recados, pero no tenían tiempo para platicar, y así yo esperaba las llamadas ...Empecé a sentir una urgencia en saberlo todo en esos días, y estaba alerta a las llamadas...

BRRRRIIIIIIIIINNNNNGG

—Eres tú, Pat? Pues no más quería 'ijirte que encontraron al papá del Puppet, con to'a y la familia...Ya vienen en camino...Al batito, lo vamos a interrar encima de la mamá...pues no podemos comprar otro *plot*...Puppet and his uncle had carved out a cross for the grave...pues a Puppet se le hacía feo que su mamá no tuviera ...cómo se llaman? *lápida,* that's right...Pues, qué se le va a hacer...pues, con la misma cruz...A lo mejor el papá le va' querer comprar una piedra...lápida...dijieron que he took it real hard...Veremos, verdad?—

El odio. Qué es, de dónde viene? En qué momento el dolor ajeno llega a sentirse en tus órganos, empieza a suporarse por los poros, a impedir que tú respires bien, que te haga falta el aire suficiente, que pienses en charcos de sangre, en la oscuridad que no se encuentra en el mundo como abstracción, sino en una foto de un niño-hombre en la pantalla de un televisor, que reaparece en tu consciente...o conciencia...días, semanas, meses (*y años después*)...en qué momento? Qué hace uno para no amargarse para siempre?

13

—Sí señora, como le decía el otro día, cuesta mucho vivir, sea donde sea, pero en Rayón, pues no más no... Había los que tenían y los que no, y éramos casi todos los que no... Pero de todas maneras, uno encuentra algo de qué reír para no amargarse para siempre, a veces es algo inesperado, como aquello de la boda del hijo del patrón que mandaba en el pueblito... la prima de mi mujer trabajaba en la casa del patrón, don Eulalio Márques. Ella fue quien nos contó los pormenores de la fiesta en la casa debido a la boda... nos quedamos muy impresionados al saber que había venido hasta gente de los Estados Unidos para estar en la boda. Pues la muchacha, la novia del Marquesito, éste era Eulalio el hijo que se casaba, era de por allá al norte. Pues del Valle San Joaquín en California, en donde se habían conocido los jóvenes en la pizca de fresa, el año anterior. A ver... cómo se llamaba... se llamaba Lupita, eso era. Pues el día de la boda, cuando la procesión nupcial venía llegando a la iglesia, todos muy elegantes y sonriendo a los vecinos por aquí y acá... algún travieso les soltó las gallinas a Toña la barretera...y ai van las gallinas cacareando, desparramándoles la procesión con las damas vestidas de todos colores y los chambelanes guapotes... La Toña espió al travieso y también lo correteó por entre la gente alborotada, levantando aún más polvo y gritando —Baboso, lépero, travieso! Mis gallinas, mis gallinas, sin güerguenza baboso...! —Ya se imagina cómo gozó la gente del pueblito esa escena: perros hambrientos ladrando y excitados, gallinas zigzaguendo por todas partes, la vieja Toña gritando, el polvo, y la risa de la gente, viendo que la boda del hijo del mero-mero don Eulalio, pisaba... perdone usted... **mierda**... de perros y gallinas por todas partes...

|| *Qué haces para no amargarte para siempre qué*

3. TÚ NUNCA HAS HECHO NADA

Los periódicos, la televisión... (medios de no-communicación...)
QUERIA DECIRNOS ALGO PERO NO PODIA... (Y tú qué,
boloña de masa...?)

BRRRIIINGGGG....... BBRRRRIIIIIINGGGG......

—Who? Petra Leyva? Yes, she's right here... Professor Leyva...
it's Sandy Michael, from the SOUTHWEST DAILY
GAZETTE... Says he's returning your call...

—Sandy, eres tú? Ajá... sería *libel*... ajá... pues así pasó, como te
dije en la nota, no fue inventado... Oh, I see, *el editor* no quiere
exponerse a ... seguro que yo también temo que... oh, *la familia*
del Puppet... pero si es la verdad... Ajá... bueno, pues... thanks
anyway...

Sandy te había dicho además que como continuaba la investigación por las autoridades, aunque estaba perfectamente bien
escrito el relato, era muy arriesgado. (ja, ja, tú entendiste *peligroso* después, y para quién, para quién)...

—Tú bien sabes que me había cogido una fiebre de emociones,
de rabia contra no sabía exactamente quiénes pero usaba y
nombraba allí sin intelectualizar demasiado: familia, welfare,
autoridades, policía, padre, madre, destino... Total, una ensal-
ada de sentimientos confusos, acusaciones... un lashing out, y en
inglés... Yo creía que lo escribía de una manera impersonal... no
sé en qué lector estaba pensando... era algo o alguien vagamente
afuera/allá que comprendiera, que sintiera, que viera... Empecé
a escribir y re-escribir, pero no me salía bien la cosa, siempre
estaba yo allí juzgando, juzgando a no sé todavía quién...

15

PUPPET was born seventeen years ago in the barrio, in Southwest City. His father supported what became a family of six children on and off again by odd-jobbing it around town, and eventually they all became wards of the State.

Qué as eso, "wards of the Steit?" Oh, la asistencia pública... tu famoso *welfare* (...las blond ladies del welfare)

No one in the *barrio* really had much faith in the blonde ladies that would come around from the Welfare office once in a while, checking up on people to see who was living with whom (Válgame el *whom,* qué *smart* eres tú) and who wasn't, much less Puppet and his brothers and sisters. ...quién no tenía faith en las blonde ladies o las blonde ladies no tenían faith en quiénes... Esto no está muy claro... Ah, así lo quieres dejar? Bueno, tú siempre sales con las tuyas...

Se lo leí a Memo, y él se quedó muy impresionado con la transcripción.

—Qué bueno que lo hiciste en inglés, Pat... Tú sabes, yo no sé leyer en español.. Nojotros todos lo hablamos pero no lo sabemos escribir tampoco...

—There's all kinds of mexicanos, Memo... You know that about most of our kids... Pues los tuyos también... tampoco hablan muy bien el español... Y hay otros, hasta *maestros* de español... y los hijos... Yes, *chicanos* is better... It's okay, Memo, maybe sometime I can teach you to read... (Oh seguro, *sometime* les vas a enseñar a tus propios hijos... Sabes que me haces reír? Sabes qué *se me hace* que todo esto es puro meas tus culpas... porque está de moda tu actitud... te escarbaron los piojos hasta el cerebro esta vez...? Allí hicieron sus casitas, por fin?)

Nobody, except friends and relatives who couldn't do much to help (el Memo lo supo y él y la Nancy fueron y le reclamaron a la madrastra pero la vieja cabrona no les hacía caso— sí, es un juicio subjetivo de mi parte pero tú aguántate).

16

Few really knew what Puppet's home life was like... how Puppet's baby brother went all day without a diaper being changed (en su mierda que se muera la vieja) and sometimes they barely ate... she did what she could before and after school. (El papá?... Oh, pues alcohólico, pues qué te creías... Nunca andaba por allí... y la vieja se aprovechaba... Ajá, los dos bien perdidos...)

Ay, tú qué self-righteous... Mira, si insistes, por lo menos trata de esto en _castellano_... (Look, *that* is out-moded, mensa tú... Y tú, más que nadie, sabes, bien sabes que esto es difícil para mí por... muchas razones... y recuerdos...)

His friends described him as very quiet, never bothering anybody with his problems and rarely saying anything about what was inside... —Pero cuando pisteaba, nos dijía cosas a veces... que él no entendía por qué su papá no les ayudaba, se le hacía que no los... pos nunca dijo que no los quería pero nojotros sabíanos... Y no pudíanos hacer na'a... —Memo, I'm going to write about this, and send it to... to the papers... or something... If it's the last thing I do... (Y después se te pasó la rabia, te empezó el miedo... y qué fue lo que hiciste...?)

—Loreto? Habla Petra... Escribí algo que quisiera que leyeras... No, no es de los cuentos de mi niñez, de los campos, como aquello otro... O a lo mejor... bueno, tú me lo puedes leer? A ver qué piensas...

A los hermanitos del Puppet los examinaban en la escuela para ver si tenían piojos... a los gringuitos ni les veían las mechas...

—Class, what do you think of Tomás Rivera's story "Es que duele," today's assignment? It's not true to life? (Te acuerdas?... el protagonista preguntó a su mamá que si por qué a él sí le buscaban piojos y hasta lo había desnudado la enfermera de la escuela... Te acuerdas?) Manuel, what about you? Yes, me too... and I didn't much like for my mother to look through my hair...

17

—Mamita, por qué tengo piojos?... Qué hacen?... Casitas?... Oh, 'amá, deja, deja que hagan sus casitas... Fuchi! No me gu'ta, no me gu'ta el *kerosene,* amá, deja que hagan sus casitas...

(Te vas fijando... hasta en los detalles *más nimios*... <u>Nuestra</u> <u>Narradora</u> escogió the easy way out... Bueno, a una niña se lo <u>dejo pasar,</u> pero a ti, viejonona...)

La escuela nueva en Betaville, la nombraron Mercy Simpson School. En honor a la viejita que fue la principal por tantos años... Sí, allí asistimos una vez por unas semanas... era que todavía no estábamos *settled down*... habíamos venido a visitar a la familia pa' Christmas y no volvimos después hasta en febrero, algo así, pues todavía andábamos pa'rriba y pa'bajo, yendo y viniendo del norte de California... Pero lo que le decía (esto es por si alguien muy *formal* me hace caso) era que la escuela nueva en Betaville... pues, no tenía el carácter de la escuela vieja... Cómo era? Muy curiosa, sabe usted... era lo que se llama un *Georgian mansion*... ajá, blanca, se nos hacía que era muy, muy grande pero no lo es (después fuimos a verla por lo que se llama *nostalgia*)... Sí, con sus columnas largas y ... pues, se nos hacía que aprendíamos muy, pero muy bien *el inglés* en ese edificio... Ay, qué la Betaville School vieja! Era un sistema muy democrático, tanto que ni nos fijamos en qué buen prove- cho nos hacía estar allí, bajo el régimen de la Principal que creo era muy *nice* a mis primos pero lo que ahora yo recuerdo... El español, que era lo que hablábamos todos nosotros excepto los vecinitos americanos como el Brian Roskers, se nos prohibía durante las horas de escuela...

Y si te agarraban, pos zas! una *slap*, donde te la pudiera dar la *ticher*... No, no muy fuerte, pero pues, no nos caía muy bien, aunque como les digo, era muy democrático porque a todos nos sonaban igual... Así que nos íbamos a hablar el español... había que contarse una de los novios en algún momento, no?... debajo de los *oleanders* enormes que estaban en el playground... Allí había sombra besides, y como Betaville está en el Valle Impe- rial... bueno, usted sabe que hace mucho calor y por allí no importaba impresionar a nadie con un *lawn*, sí un pasto manicu- rado al estilo corriente... Allí, bajo los oleanders platicábamos todo el español que queríamos, más delicioso porque era a las escondidas de la Mees Simpson (ajá, solterona también, así son muchas tichers... Oh, se acuerda de eso de MUJER QUE SABE LATIN, NO TIENE NI HOMBRE NI BUEN FIN?)... Y, de una manera muy democrática, allí fue donde nos dio a todas nosotras la piojera... Bueno, no sé si existe la palabra o no, pero lo que decía era que nos dio piojos la Serafina Gámez...Siempre traiba (perdón, *traía,* anunque me me fluye mejor lo otro) un pañuelo envuelto en la cabeza, y nunca le habíamos visto el pelo... Pues insistimos un día que no le creíamos, que le queríamos ver las trenzas... No, fue culpa de la chavala porque, ella decía que sus trenzas eran más largas que las nuestras... y así fue como le quitamos el pañuelo, y cómo llegamos a compartir esos animalitos tan insignificantes... bueno, así lo pensamos hasta que nos entró la comezón, y qué suena nos dieron en casa... yo, siendo desde los primeros pasos una criatura bien democrática, le pasé los piojos a mis hermanitos... Inmediatamente, para no ser codiciosa con el placer. Mi mamá? Pues enojada, enojada porque —No les he dicho tantas veces que hay ciertas personas con las que no se deben juntar?... —Bueno, me parecía que mi mamá no entendía muy bien lo de las clases sociales, como ella nunca pasó del tercero y claro, no tuvo el privilegio de ir, como nosotros, a... esa mansión, ese edificio formidable...

(O qué nunca hiciste nada, allí tampoco?) Por accidente, una vez sí, gané la atención especial de la Principal... por, por estar enamorada... Así me siguió pasando después, que me daban porras por estar enamorada, pero back to the point... En el segundo año, me enamoré del Kiki Enríquez, y pues lo miraba, lo miraba a las escondidas dentro y fuera de clase... Un día, el Kiki me hizo una seña... Pues, yo, entusiasmada y rete feliz que *se había fijado* en mí... Pues, yo le correspondí, no? y que viene la ticher, me jala del asiento con un Hrrrmp! ...me saca pa'l *hall,* y mientras mandó a no sé qué mocoso a llamar a la Principal, y cuando llega ésta la ticher acusa: —She was giving that poor young Kiki Enríquez THE BIRD! —Y entonces, como le digo, siempre sufro mis coscorones porque a mí me vieron, me da un GUAAAP! la Principal, con una regla de madera, en las manitas... Sí, pobrecita yo, no? Ajá, y el Kiki muy contento, allí adentro dibujando pájaros... volado... Después, pues... no era una niña resentida, y le perdoné...

El resentimiento. En qué momento, el resentir lo que le hacen a uno empieza a contar tanto como el dolor ajeno... Qué orígenes deviene el resentimiento, que una mañana lo que le hicieron a OJOS VIVOS COLOR CHOCOLATE... te lo hicieron a ti, y lo que te han hecho a ti... te quita el aire, QUERIA DECIRNOS ALGO PERO NO PODIA... En qué momento te sobreimpones al terror, al miedo de no poder decir lo que(te/les)han hecho... Cuándo dejas de ser testigo ciego/pasivo de los hechos... Cuándo... (Cuántas veces, masa, no decidiste a propósito *olvidarlo* lo olvidado el olvido para poder seguir adelante... Y cuando menos esperas, ja, ja, ya no te escapas... de... qué... quién... Tú no sabes todavía, ja, ja...)

> Several years ago, Puppet's mother died, leaving behind a baby in diapers and the five older children, including Puppet.. —Puppet y dos de los hermanitos sufrían de una enfermedad de los huesos que los hacía caminar asina... Como d'esos, cómo se llaman... *títeres*... ajá, andaba asina por eso, y por eso se le quedó el nombre... Three of them suffered from a bone disease which crippled them and this eventually resulted in a bobbing rhythm to their walk as the diseased limb was overtaken in growth by the other... (se nos hacía que podrían haber hecho algo, pero no llevaban a los chamacos al doctor, pues porque no querían en este caso... pero hubo otros casos en el barrio cuando la gente buscaba la ayuda pero no más no...) Because, you see, they buried Puppet last week, after a series of very sad and perhaps bizarre events. —Jue ajuera del Fourth Street Bar... pos no'stamos seguros qué andaban haciendo por ai...

—Pat? Soy yo... No me lo vas a creer...To'avía me da rabia...Esa madrastra jue a 'onde trabajaba los weekends el Puppet en el Hotel Palacio...Y les lloriquió a los managers, diciéndoles que su pobre hijo, cómo lo habían matado, y a esa gente les dio lástima...pues por el batito y no por ella...y le hicieron double el pay...Así la vieja se llevó el doble de los $150 que le debían allí al

20

batito...pues a ver si se les ocurre hacerle una piedra...*lápida*...

OJOS VIVOS CHARCOS DE SANGRE NO LO VITES
EN LAS NEWS?

4. RECUERDOS DE LA OSCURIDAD

—Hi, Petra...Me acaban de llamar del banco del Puppet, dice Memo, —como trabajaba el batito con nojotros casi siempre, estábanos la Nancy y yo como referencia...Mira que la madrastra jue al Banco, les hizo el mismo cuento que hizo ayer en el Hotel, y les sacó los ahorros del Puppet...Pues ya ni aguantamos nojotros, pero lo único que esperamos, es que por lo menos... pues que usen esos centavos para los otros chamacos que to'avía están con ellos...Fíjate que uno de los chamacos...hasta nos dio susto cuando lo vimos...es el puritito retrato del Puppet...el pelo, los ojos...Pues ya verás, en *el velorio*...

OJOS VIVOS   RECUERDOS DE   CHARCOS Y CHARCOS

—Petra, habla Loreto...Oye, este relato del muchachito que mataron...Tienes que seguir adelante con esto...Mira, tiene mucha, pero mucha garra...No, qué miedo ni qué miedo...no te rajes, sí yo sé que no te gusta esa expresión, pero olivídate por ahora y escúchame... el pueblo tiene que saber estas cosas...No, si está bien así, está bien fuerte...El escritor tiene que ser testigo, Petra...La investigación? Ajá...Mira, tú quieres a tu gente, Petra? Bueno, trabaja el cuento...o el relato...a lo mejor saldría mejor en español...Lo que sí podrías hacer, es darles mayor relieve a los personajes...así, desarrolla más al muchachito ése...Yo, por mi parte, voy a hacer unas pesquisas entre los compadres...También se me hace que están encubriendo algo- ...Hay algo, como...no sé qué...pero algo no cuaja en la versión de la placa...Sí, te veo la semana que viene en la reunión en el Centro...Pues anímate, muchacha...después hablamos...

23

NO LO VITES EN LAS NEWS?

En tu insomnia, lees poemas de escritores chicanos y hay uno sobre la voz del pueblo, la voz que quiere hablar...y recuerdas que la oscuridad, el olvido *ya no es abstracción...*

Imperial Valley, California.
UPA. MEXICAN NATIONALS SUFFOCATE IN BUTANE TANK/TRUCK. ARREST MADE IN TRAGIC DEATHS OF ILLEGAL ALIENS BEING TRANSPORTED BY U.S./MEXICAN RING. FARMWORKERS PAID FOR SMUGGLING ACROSS BORDER IN SEALED TANK AND ON ARRIVAL IN U.S. ACCUSED CHARGED SEVERAL COUNTS MURDER PENDING INVESTIGATION OF NUMEROUS PRIOR CROSSINGS.

Salinas Valley, California.
API. TRAIN HITS TRUCK TRANSPORTING BRACEROS TO FIELDS. MULTIPLE DEATHS TRAGIC END OF LONG ODYSSEY FOR MEXICAN NATIONALS. ARRANGEMENTS FOR RETURN OF BODIES TO MEXICO PENDING IDENTIFICATION. STATE AND FEDERAL INVESTIGATION OF ACCIDENT IN PROGRESS.

San Joaquín Valley, California.
WU. MEXICAN AMERICAN RESIDENT OF FARM LABOR CAMP DIES IN AUTO ACCIDENT. TRAGEDY BLAMED ON DEFECTIVE BRAKES. VEHICLE HAD REQUIRED REPAIR FOR SOME TIME. VICTIM LACKED MEANS FOR REPAIRS ACCORDING TO FELLOW RESIDENTS OF LABOR CAMP.

—Al Wimpy lo velamos mi hermanito, el Plonquito, y yo afuera del comedor del campo en que vivíamos en aquel entonces en Masterton, en el Valle San Joaquín de la Califa.

El campo se componía de unas barracas verdes con el edificio gris que era la cocina y el comedor al centro, no lejos de la entrada al campo y la primera fila de barracas en que vivía nuestra familia en dos cuartos. Cuando llegó la carroza esa tarde al campo, el Plonquito y yo corrimos a la ventana de la recámara, tropezándonos contra catres y las cobijas que servían de paredes y que dividían el cuarto.

Hacía unos días que había salido el Wimpy al tomate con mi papá y mis tíos, pero nuestro amigo nunca regresó. —Hubo un choque...vino a decirnos el Güero, llorando y estrujando el sombrero de paja entre las manos. El Wimpy y el Güero eran abonados de mi mamá y comían todos los días con nosotros en el otro cuarto que servía de sala, cocina y comedor, y el Wimpy siempre era bueno con mi hermanito y conmigo; a mí me regalaba funnybooks porque sabían que me gustaba leer y fantasiar mucho; una vez me trajo un *Pepín* de Mexicali y me dijo: —Te acuerdas de los *fanis* mexicanos?— Y otro día que me había dado unos *funnybooks,* por estar leyéndolos se me cayó la Patsy, mi hermanita de unos meses a quien cuidaba, al suelo de cemento, y le salió un chichón antes de que llegaran mis padres. Me dieron una buena nalgada y se lo contaron a todos, y después el Wimpy y el Güero me hacían enojar, haciéndome burla y llamándome "*Mees fanibuc*", y a veces lloraba yo de vergüenza.

Pero el Wimpy siempre era muy bueno, y por eso corrimos a la ventana para verlo llegar aquella tarde. Llegó en un carro largo, grandote, negro y brilloso y no sabíamos cómo podía dormir en aquella caja larga, negra también, como nos había dicho mi mamá.

Al oscurecerse, empezaron a llegar carros con familias y amigos que venían a ver al Wimpy en el comedor del campo, porque allí metieron la caja larga en que dijo mi mamá que dormía el Wimpy. Y mis papás fueron también al velorio, pero no nos dejaron ir, y yo me quedé atufada. Poco después llegó el Güero muy asustado, buscando a mis padres, porque dijo que se había estrellado el hermano del Wimpy que venía desde Ensenada al velorio. Yo quería decirle eso al Wimpy, porque era mi amigo, y yo tenía que decirle, y por eso siempre me fui a las escondidas al comedor aprovechando que la vecina estaba ocupada con mis hermanitas.

—Tengo que ir a ver al Wimpy, —le dije al Plonquito. Agarré unos funnybooks churidos como compañía, y crucé el camino en la oscuridad grillosa hacia donde venían gritos y pláticas de

25

vez en cuando...por alguna parte del campo se oía un radio con música desabrida de mariachis. Llegué a unas ventanas por donde vi a unas mujeres; los hombres ya estaban tomando afuera del comedor, y platicaban y a veces uno se reía nerviosamente. El mariachi decía,— "...si muero LEEjos de TIIIII..." Empecé a creer que un velorio se trataba de alguna fiesta para el Wimpy y me latía el corazoncito de anticipación, pero primero yo tenía que hablar con él, con mi amigo.

No podia verle la cara al Wimpy y me fui a otra ventana que estaba merito en frente de la caja larga con su cerco bonito de velas prendidas. Allí estaba mi amigo, y me sorprendió mucho que ahora tenía los dos ojos cerrados; siempre pensaba que el Wimpy dormía con el ojo bueno así abierto, y un ojo cerrado, pero no, allí estaba otro Wimpy pálido, el pelo chinito muy bien peinado, su cara color de las velas que le rodeaban y haciéndose el dormido.

Sentía yo que se me salía el corazón, que me tragaba la lengua, pero le iba a llamar a mi amigo cuando llegó calladito el Plonquito, y di un brincazo del susto. —'Manita, vente ya porque tengo miedo...—me dijo, pero en esos momentos salieron unas comadres del comedor, llorando y gritando, y un señor se les arrimó para decir, —Siento mucho mucho que murió el Wimpy, — y volvió al grupo de hombres con su botella.

Allí nos quedamos largo rato el Plonquito y yo, pensativos y temblando en la oscuridad, agarraditos de la mano y mirando hacia adentro a donde estaban las velas y la puertecita abierta de la caja negra...Empecé a llorar, sintiendo una confusión pesada, haciéndoseme un nudo la desesperación porque no le había podido decir al Wimpy que era su hermano el que había muerto, que ya nunca iba a llegar al velorio, ni a ninguna otra parte, y sentía que alguien se había equivocado porque él, el Wimpy, sólo debía estar allí dormido en su caja y que sólo había muertos en los funnybooks, y después nos fuimos corriendo y llorando el Plonquito y yo, y las trenzas me daban en la cara y las sentía pesadas y tiré los funnybooks que llevaba lejos, muy lejos de mí...

(Esa no eres tú, ya te conozco y ésa no pudiste ser...De dónde

26

sacaste ese cuento, mentirosa y romántica?)

En una revista, de ésas que llaman de izquierda...La que la escribió, la que lo tuvo que reinventar para poder escribir después, ésa que sí trató de...hacer algo y de hablar...Una de las muchas voces que querían hablar, cuando se pone a recordar lo que la daba significado a...a...qué pues, tú que lo sabes todo?

(Mira, boliche, eso de campos y braceros y que EL MOVI- *Movimiento* MIENTO...no se te hace que también está...fuera de moda...? No viste the writing on the wall...pos que en ésa revista en que apareció el cuento...o relato...de esa muchachita...Hay un artículo sobre los campesinos, y no mencionan a Chávez como el Líder...No te metas, te lo aconsejo, no te metas en lo que no sabes...O vas a recordar otras cositas que hace muchos años...)

Me pregunta un amigo, salvadoreño refugiado:
—is César Chávez a VENDIDO...? Será posible que se *Nos hace* vendió...? *cuestionar a Chávez*

TE HACE A PESAR DE TI PENSAR PENSAR EN ALGO...

5. OJOS HERMOSOS, OJOS GRANITA

Félix sale de la County Jail temprano por la mañana, esta vez quiere llegar para las 7 a casa de su hermano mayor... Memo le ha ayudado arreglar todo con el District Attorney, por lo que Memo respondía oficialmente por el hermano... El amigo de Petra no había hecho menos por muchos otros jóvenes del barrio,... Lo de Félix, ahora sí era algo más complicado, como habían encontrado al joven con una bolsa de heroína cruda en el Chevy... Querían que Félix hiciera *cooperate*... El joven asintió, solamente después de mucha presión de amigos y familia, que ya querían que Félix cortara con aquellas amistades corruptas que le propiciaban el vicio... Al salir de la cárcel esa mañana límpida, había un Lincoln rojo... como la sangre de un venado... estacionado pero con el motor puesto, al lado del curb de la banqueta... Félix reconoce demasiado tarde que lo está esperando un teniente de Samuel Longoray, el traficante amigo que pronto se convertiría en su enemigo al llegar el momento de...

—Testify, Petra... iba a *testify* contra esa gente... Le 'ijo el D.A. que a él lo 'ejaban salvo si juera a dar testimonio contra aquél... chicano sucio... Lo agarraron chiquito, chavalitos los agarraban... pos por todas partes, pero en el barrio allí mismo hay un parque... A los once, doce años los cogen...que si no por que quieren pos a juerza...Los inyectan allí mismo, en algún rincón oscuro y a las escondidas...todo el mundo lo sabe, pero le tienen miedo a ése...es una verguenza pa' la raza, es lo que es...Y un día cuando menos lo esperas, es tu hermanito...y ya no es... y olvídate de las esperanzas...Iba a testify, Pat, y naide lo debía saber juera de la oficina del District Attorney...Sí, es lo que creemos, que alguien adentro le chifló al *main pusher*...

Te entró la rabia, ésa de huracán y pasajera, y te pusiste a dar
balazos...escritos (de todas maneras, palabrería palabrería
romántica...quién te iba a hacer caso? Y te aterrorizaba que...te
hicieran caso...!)

THERE A CHICANO SUCIO
    WHOM NOBODY WILL NAME
TAKES LITTLE BLACK AND BROWN CHILDREN
  AND MURDERS THE SPARKLE IN
    THEIR BEAUTIFUL BROWN EYES
      AND KILLS BLOODLESSLY
        THEIR PARENTS' LAUGHTER
AND IN FALSE EUPHORIA
    SLOWLY DROWNS
      THE HOPES OF
        MI RAZA!

A ver, cómo va, cómo va? Ja, ja, ja, a ver qué qué de "braun ais"
...ja, ja...
THEIR BEAUTIFUL BROWN EYES...hay maneras de matar,
sin sangre, y la gente le tiene miedo a los que matan...sabrán sus
nombres, pero no los nombran...(y a poco no es por nada,
mensa, no vites ya?...No lo vites en las news?...)

Sí, muy amante de "mi raza" aquí, y "mi raza" allá, como si fuera
una samba, *samba*...Pero tú nunca has hecho nada, te lo digo, y
le insistes en dale dale y vas a ver cómo sacarás aquella garrita
que no querías...ja, ja...

BBBBRRRRIIIINNNGGG

—Petra, habla Loreto...Pues, qué te pasa, muchachona? Te
esperábamos ver ayer en la junta en el Centro de la Comunidad...Pues no que te interesaba ayudarnos con el Congreso de
Literatura Chicana? Por qué?...Pero miedo nos ha dado a todos,
a todos los que hemos decidido hacer algo, sea como sea, para
que se haga la justicia...Por el cuento...el relato de aquel muchachito?...Ajá...un poema que hiciste contra...ah caray...Pero no,
no te creas, muchachona...Hazte valiente, mujer...Si yo he visto

30

a *otra Petra*...pues en tus otras poesías...Pues pa' que sepas...No, si ni si fueras a leérselos en la cara, no te harían caso...Esa gente, embustera como es, ni miedo le tienen a nadie...Pues mira lo que hacen. (Pero no dejes de escribir, Petra, uno no se puede ya callar...Mira, estamos haciendo gestiones para que siga la investigación por las autoridades, no te rajes...Sí, sí, perdón...Ah qué Petrita ésta...libérate, pues muchachona...Qué esperas? Ajá...bueno, estaré esperando tu llamada...

OJOS HERMOSOS COLOR CHOCOLATE AHOGADOS HERMOSOS SIN SANGRE

"Coooooolorado...coloraaaado...Como la sangre dee uuun veeenaado..." canta sentidamente el joven estudiante de la Universidad Autónoma...Como muchas de las personas en el público esta noche húmeda en el Centro, el joven es de Sonora-...Loreto, quien está a mi lado izquierda, se levanta a felicitar al cantante que ha terminado...—...Compañero...! —La canción me ha recordado algo que me había dicho Medeiros del Sexenio anterior, al otro lado...de parques, plazas, sangre...Después del programa de poesía, me imagino *aquellas muertes distantes* yendo al carro estacionado en un rincón oscuro del parking lot. De sobresalto, veo o creo ver que me espera el teniente de Samuel Longoray, con un hipodérmico gigante que recarga sobre la capeceta del Lincoln largo, brilloso y rojo como la sangre de un venado...Espantada, empiezo a correr, haciéndoseme un nudo la desesperación...

(EEEEEEEPAAA! ja, ja, ja, ya vamos, burrito, ja ja...)

The stepmother and father used to take out her own children for dinner from time to time, but *la familia* Puppet and his brothers and sisters were left home to eat "gorilla meat"... —Así le llamaba a la carne enlatada que les daban las blonde ladies del Welfare pa 'comer... *Carne de gorila...* pues, como no sabían de qué animal vinía la carne, le pusieron de "gorila"... Qué Puppet, pudía ser más tapaderas... Era juerte, verdá, bien juerte el batito... No más a lo último, con lo de ver al papá, pues a lo último no más no... Duele, sabes Pat?

Hay cosas que duele recordar...?

BRRRIIIIINNNNGGGG... BRRRIIIIIIIIINNGG.. tú no quieres no quieres no

—Pat? Vienes al velorio esta noche...?... No, si yo ando que reviento, aquella mujer... Sí, la acabamos de ver en la mortuoria... Sabes lo qu' izo? No más le 'vía traido una camisa al chamaco, pos pa' que lo interraran... Intonces supo que nojotros l 'íbanos a trai unas ropas *real sharp,* sabes, y cuando la vieja lo supo... Pos pa' que no le ganáranos, jue y compró una chaqueta y una corbata... Pero imagínate: no le trajo *pantalones...* So, juinos y le compramos junos... No, si no sé 'onde anda el papá, ha de andar por ai bien cuete... ya pa' qué, verdá?... Ya pa' qué?...

Charcos de sangre. Hay un cuerpo adentro del cuarto oscuro, pero se puede ver que yace en un charco más oscuro ... de sangre....

—Professor Leyva? Why is it Mexican and Chicano literature... Gosh, come to think of it, that's the impression I get from all Spanish literature.. How come there's so much *death...* Like it's all they think about... I don't like it, it's too *heavy,,,*Por qué hay una cómo se dice... *preocupación* con la muerte?

(Oh, esto se está poniendo bueno, ja, tú le contestas qué, zo mensa zozobra, que la danza de la muerte, que *El Laberinto de la Soledad,* que las momias en Guanajuato, podrías haberle dicho otra cosa, no? pero no, no le dices *aquello otro* porque tú no quieres recordar, no quieres)

En un charco más oscuro de sangre, yace el cuerpo de una mujer... no es ni joven ni vieja, tiene pelo moreno, piel bronceada... El pelo, enmarañado... llora una criatura, una criatura recién nacida, que se bate en el brazo extendido de la mujer... las piernas de ésta están todavía encogidas, el charco de sangre viene de entre las piernas de la mujer extenuada que lucha para respirar aire, más aire... Coágulos de sangre, un cordón torcido, pálido con venas oscuras, todo todavía caliente y exhalando vapor... Las manos y la cara de la mujer, embarradas de sangre.... Empiezas a escribir una versión objetiva de la vida de Puppet. Empiezas, pero no terminas porque no sabes dónde.

32

Podrías escribir de la muerte al principio puesto que era lo más impresionante...esto lo rechazas porque entonces sería darle un sentido que no tenía, a ese fin tan triste pero sin significado, realmente sin sentido...No queriás ordenar el relato cronológicamente tampoco, como no fue como se habían percibido o sabido los hechos del caso...El diá que empiezas, te fijas en el calendario: es el 2 de noviembre...

En la universidad, estás diciendo: —Clase, en la ciudad colonial de Guanajuato, hay un cementerio con algo muy interesante...la composición química, o algo así, de la tierra, le ha propiciado *un vicio* a la ciudad...o perdone usted, quise decir *servicio*...Umjum...se trata de unos sótanos que tienen, con momias...No, son más bien momias contemporáneas, ni tan de renombre como aquéllas del Egipcio...Qué va! Ya viera a la gente del King Tut cómo se llamaba: —Vengan a ver nuestros muertos! Cinco pesos, cinco pesos el vistazo...Baje esta escalerita nomás y quédese bien tronado del...asco (aunque la gente finge bastante bien, no crees, como que no se cagan del susto, ja ja)! —Cinco pesos...bueno, a lo mejor subió a diez, ya saben que la inflacción puede ser contagiosa...

(O que la profa! Siempre salió otra vez con las suyas...)

Y allí había una mujer-momia, con una criaturita-momia en los...pues, en lo que eran antes los brazos...da asco, esto de recordar a los muertos...Pero por qué lo hará la gente, qué preocupación...

—Hey, maestra, it sounds like you people *sell your dead,* or something, I mean, aren't you afraid of something bad happening to you? Why don't you Mexicans, I mean Chicanos, let the dead rest in peace? (Y además, si no dejas en paz a Puppet y a Félix y al hijo de Medeiros y a tus recuerdos tus recuerdos tus recuerdos...)

—Y bajan contigo, unos niñitos-guías, que te miran te miran te miran (No sonríen?...ja, ja) —No, nada de sonrisas, muy serios, te miran te miran mientras tú miras tú miras (No dicen nada después de su *spiel*...? ji, ji) —No...te miran, tú miras (*Cómo son sus ojos?* Ja, ja, te agarré, te agarré, guáchala, guáchala ahora, ja, ja)

OJOS OSCUROS DE VIEJO EN CUERPO NIÑO OJOS
GRANITA QUE TE PREGUNTAN TE PREGUNTAN
ALGO...*ARGO*...

—Por qué corres, Petra? Qué te pasa? Como que has visto un
fantasma...! Sale Loreto del Centro en el momento que yo llego
corriendo del parking lot.

—Creí que vi a... de Longoray... de ése... por lo que escribí... I
don't know if I'm strong enough for this crusader business,
Loreto, no sé si tengo la fuerza espiritual... tengo miedo de... No
sé, te digo... —Me recupero, y Loreto me encamina a mi coche.
Se despide con un abrazo, y me dice bajo: —Oh, Petra, tú
todavía ni sabes lo que puedes hacer... Ni cuenta te das todavía...
Te llamo mañana para ver cómo sigues, eh?

(cómo sigue? pues cómo le va a seguir, pues ciega, así le sigue,
como siempre le ha seguido, que cuando debía debía tenerle
miedo a... no le tenía y ahora que ya no hay tiempo)

Camino a la casa esa noche, piensas lo que has pensado, lo del
susto, y al llegar te encierras en tu apartamento para escribir
poemas de cómo era y cómo había sido *la realidad*.

en Mesilla Nuevo México

en verano cuando muy niña era

—Y así, todos los días nos íbamos a jugar en el camposanto
antiguo, allí al otro lado de la huerta del tío José... Me encan-
taba corretear con los primos entre las tumbas, levantábanos
polvo por todas partes... Cuando se nos antojaba, les quitába-
nos la fruta al mesquite, sí todavía hay por allí mesquites, y la
abríanos, ajá, y la chupábanos... tenía un sabor como dulce y
agrio, las dos cosas... mirábanos por ai las tumbas de la gente,
va, cómo había muertos... No, no les tenía miedo porque eran
tan callados, no nos estorbaban na'a... Umjum, jugábanos...
Qué?... Güeno, arreglábanos las flores secas de los tíos muertos... De vez en cuando, se me ocurría ponerme una flor de algún
muerto, ajá, en el pelo ganchándola tras una trenza... Sí, sí,
hacía gritar yo a mis primos... los vivos, no?... Pero lo mejor, lo
mejor, cuando de veras nos daba cosquillas de miedito... aunque
me gustaba, me gustaba hacerlos gritar... era cuando bailaba

34

sobre una tumba grandota de cemento... Ji, ji, tenía una calavera
negra pintada... Era mi *stage,* sabe... oh, perdone, *proscenio..* y performance
yo baile y baile, y ellos grite y grite nerviosos... Después me dijo
alguien de la familia que qué escándalo, insultar así a los muertos, era pecado o no sé qué pero pos yo digo que tenían como
celos, sabe? Ajá... como que ya quisieran, quisieran haberlo
hecho, ja, ja...

Y ahora que te vienen a buscar, bola de miedo? Y ahora...? Ja, ja,
tú...

POR QUE CORRES   QUE TE PASA   LA SANGRE

6. SANGRE, COMO SI FUERA AYER

los sueños

La sangre le hililla de la boca a la mujer desmayada con el niño recién nacido en un brazo. Hay una niña acurrucada en un rincón del cuarto, una niña cuya cara no se puede ver excepto por los ojos vacantes, una niña de cuatro o cinco años que tiembla, gimiendo, UNOS OJOS GRANITA de espanto....

BRRIIIINNNGGG...

—Hello, Professor Leyva...Pat? This is Sally Aguirre, de su clase para los que trabajan en los hospitales...I can't make it to class tonight...Así me avisa la joven enfermera que trabaja en Unity County General que no podrá asistir a la clase especial de español que doy los martes por la noche en la Facultad de Enfermería...Something happened to a a friend of mine, from the barrio...they found her passed out at home...En un pool of blood...

—Sí, nojotros la conocemos, Pat, vive a unas dos tres casas de nojotros...Cuando llegó el marido y encontró a la mujer en un charco de sangre y la criatura ya nacida y la chamaquita mayor allí como en shock, se vino a usar el teléfono...le pidió a la Nancy, que estaba en casa, que avisara, que trajieran una ambu- *la Maternidad* lance...Sí, después se dieron cuenta que la mujer sabía que iba a tener el baby pero parece que no quiría avisar a naide, no quiría jirse al hospital...No sé, por algo que le pasó la primera vez, con la primera chamaquita...Qué? Pos, no sé...no sé, Pat si te deja- ran verla, pero you can try...

A la señora la han llevado, por supuesto, a Santa Cruz...Cuando despierta del desmayo en el hospital, que se da cuenta de su alrededor oliente a Hexol, da gritos de, -Sáquenme de aquí,

37

sáquenme por Dios...! -Solamente se calma al ver que al lado del marido, están allí un médico y enfermeras que todos hablan español...Y así la calman, hablándole y preguntándole de manera que ella entiende que...

—Casi se desangraba allí en el piso, señora maestra, y no me había dicho nada por la mañana, porque les ha tenido un terror a los médicos desde que la internamos la primera vez, cuando dio a luz a Maricelia, la niñita que tenemos de cuatro años...Bueno, yo me vine hace cinco años de Oaxaca, donde trabajaba en una tienda...una de ésas de abarrotes, de barrio...Estábamos cerca de la plaza principal, y así vendíamos todo, desde películas y tapices para los turistas hasta dulces de leche y arroz para los vecinos...Después de unos meses, ya que encontré un puesto como finisher en una tintorería, mandé por mi mujer que estaba encinta ya...pues como yo no hablaba casi nada de inglés, fue lo único que encontré, y allí estoy todavía...ya sabe que los que no tenemos papeles de acá, pues tiene uno que tragarse tanto para...por, por pues la mujer, los hijos...Bueno, lo que le decía hace rato, que mi mujer es muy tímida con los americanos, por eso de no saber lo que le están diciendo, como ella no sabe nada, pero nada de inglés...ahora se sabe algunas palabras pero no quiere tener nada que ver con ellos...Bueno, a ver sí, a ver si ella le quiere decir a usted...Ya que usted es amiga de la Sally...Nos esperamos unos días para que se ponga más fuerte, no?, y entonces a ver si mi mujer quiere hablar con usted...Imagínese usted, con los propios dientes, mordió el cordon...así las encontré a las tres, hasta la mayor con las manitas...todas embarradas de sangre...Y si no hubiera sido que cerraron temprano donde trabajo, por poco se me van pues, las dos...La mayor? Oh, todavía no se le quita el susto, pero estará mejor cuando vuelva la mamá a casa, no cree...? Esto se le pasará, no cree...?

LE PASARÁ LA SANGRE   LE PASARÁ?

—Señora, cómo fue que le pasó esto, por qué usted no quiso ir al hospital, ya que sabía cuando le empezaban los dolores...?

tú no quieres no quieres recordar no no tus hijas no

38

por dios qué han hecho, trayéndome aquí
a este lugar tan limpio y tan frío de
lujo y sin un alma que me hable que yo
entienda lo que me están haciendo qué
me dicen   qué hace aquí este hombre rubio
ah caray allí viene un negro todos me
están viendo ahora me bajan las sábanas
no no no me suban esta bata de algodón
todo huele a medicina a cloroformo a no
sé qué a pesadilla porque ahora me meten
NO NO NO no me aten las manos los brazos,
no me sujeten...suéltenme me meten dedos
blancos negros hablan qué dicen qué me
hacen ai viene una enfermera joven parece
parece pero NO HABLAS ESPANOL NO HABLAS?
no pero me mira con ojos cafés Sally dice
Sally Aguir-ay qué me hacen me duele mi
niño viene ya? qué por qué me tienen así
toda abierta ayúdame ayúdame no entiende
lo que digo pero entienden sus ojos cafés
oh no otros hombres de blanco me abren
el dolor el dolor qué me hacen me tocan me
ven toda abierta quiénes son estos ojos fríos
dedos blancos y negros sin pedir permiso ni
perdón oh oh allí viene uno moreno NO NO
HABLAS ESPANOL? no él tampoco sorri dice sorri
qué qué me hacen no me meta el dedo me duele
todo todo me estoy muriendo y vea que hay
sangre y me llevan rápido a dónde a dónde
Rafael Rafael adónde estás sácame de aquí
que querías tener varones, herencia no no
desgraciado dónde estás ahora qué han hecho
trayéndome aquí qué es esto una máscara un
aparato de plástico negro que huele a huele
a huele a gringos dedos fríos Rafael oh Virgen
María madrecita mamaaaaaaaaaaaaaaá

—What is the meaning of original sin? Yes, Petrita Leyva?
Well?...(Sí, muy bien quedaste, tartamuda meona...)

39

—Señora...lo siento, yo no puedo...hay cosas que una no quie-re...esos recuerdos, ya ni con mi marido los quiero compartir, él me trajo aquí con tantas ilusiones de mejorarnos, pero hay cosas que él no entiende...que las hijas no que las hijas y los hijos...yo no quería ya tener hijos porque...Amargada? Señora maestra-...creo que va mucho más allá...

Los ojos hermosos de la mujer, ojos color gris con flequitas de café, se llenan de...NO ME PREGUNTE NO QUIERO NO QUIERO PREGUNTAR...Por favor, maestra, no me haga recordar...Ya para qué?

(A escoger, quién tiene la culpa, quién?)

—Memo, this is Pat...Sí, como me contó la Sally después, no más les hizo falta vender boletos al parto, como si fuera exhibi-ción...como que la mujer de piel morena no tiene sentimientos, vale menos que menos...She was in terrible pain, pero se moría de vergüenza allí nomás como la tenían... así... La Sally? Oh, ella se quedó en Unity County, pero por eso se puso a aprender el español, para ayudar mejor, cuando llega la gente así desesper-ada porque como me dijo la señora que se trozó el propio cordón...

Sigues, ciegamente, coleccionando historias, incidentes del bar-rio, de la comunidad, de... Escribes fragmentos desorganizados, confusos. Algunos papeles, los echas en el cajón de tu escritorio, otros al basurero... Al llegar del trabajo, ves el correo, te encier-ras en el apartamento y el único nexo, estorbo y traductor tuyo con el mundo exterior es el teléfono...

BRRRIIIIINNNNGGGG... BRRRIIIIINNNNNNGGGGG.

—Eres tú, Marcos? Ajá... te dijo Loreto... sí, me cuesta mucho... No, pero casi casi me pesa porque... I'd never given these things a second thought, you know, Marcos? Yo no sabía que pasaban estas cosas... Pues sí, me hablablan y yo había leído aquí y allá y ustedes me decían cositas... pero de veras empezar a darse cuenta y *sentir* lo que está pasando... But it's funny, Marcos, I'm thinking and writing some stuff... well, you and Loreto pues no van a pensar que es de protesta social porque me he puesto a pensar en otras cosas pues...también injustas...A lo mejor tú

40

también, como Loreto, vas a pensar que me estoy volviendo loca con todo esto de la liberación y que el amor y que mis hijas...no sé...Sí, sí, yo quiero creer, yo quiero creer en algo...ARGO...O-kay, mándame lo que has escrito para aquella revista, yo te lo devuelvo right away...

El romanticismo. Idealismo. Creer en ARGO...o Alguien, con letra grande y mayúscula. Escapismo? Extremismo? Jodismo? Pa'llá vamos, pa'llá voy (ja, ja, eeeeepaaaa....ja, ja)...déjame hablar.

—Vittorio? Sí, habla Petra...No puedes venir a cenar con nosotras esta noche? No has visto a Marisa desde el sábado...tu visiting day. Y yo creía que...tal vez te pudieras quedar un rato después, para platicar...no, no, solamente un ratito...Sí, yo sé que estás muy ocupado con el cuadro que estás pintando ahora, el que te comisionaron aquellos señores...ricos...Nada, no me pasa nada...sí, parece que estoy algo diferente ahora, verdad? Pero después platicamos cuando vengas...*Ciao*...

Ja, ja, de veras les vas a contar de Vittorio? Oh, tú no tienes vergüenza, vas sacando las garritas poco a poco y verás que cuando menos lo esperes...lo que no querías...ja...Bueno, adelante, burrita, but I don't think I want to stick around for this...Chale...

†††††††††††††

Entra Vittorio a su apartamento, llegando puntualmente a las seis, con una botella de vino Cribari, vino rojo para acompañar la cena elegante que tú has preparado sin ningún esfuerzo mayor. Tienes la mesa puesta con platos de porcelana importada y servilletas de damasco. La velas y las flores dan un aspecto romántico, ideal al comedor con los originales de Cezanne, Matisse y unas joyitas que tú misma has hecho, de multicolores y hechos en imitación a los pintores Maestros italianos...Practicando la técnica impresionista...o impresionante. Entra Vittorio a tu/su apartamento, vestido a la última moda italiana con camisa blanca bordada y entallada, abierta la camisa hasta el tercer botón de manera que se le ve claramente el pecho bronceado por el sol italiano (acaba de regresar de la Riviera europea) y los pelitos rizados, no muchos...pero son

41

bastantes para atraer la atención, en este momento, tu atención. Entra Vittorio a su apartamento, llegando puntualmente, y Marisa le corre a los brazos, vestida en un vestidito de terciopelo con perlitas, una carita morenita y feliz de ver al papá después del día largo. Entras tú a la sala cómoda de muebles al estilo provinciano-italiano, y a pesar de que los muebles son imitaciones solamente, estás feliz de saludar a tu marido. Ha sido un día largo sin él, y tú te has pasado el día bochornoso leyendo *Le Monde*, platicando con tus amigas de Ciudad Juárez -- las únicas de cultura en estas zonas áridas-- comparando colores de pintura para las uñas recién manicuradas. Cuando entra Vittorio a su castillo esa noche, esta noche que no te ha llamado antes para decir que no podrá llegar para la hora de la cena porque tiene que trabajar tarde y esta noche que no llegará tarde oliendo a Chanel No. 5 o lo que sea elegante, cuando llega esa noche a su castillo, tú te has vestido en tu más diáfano negligée, te ves muy mona con tu pelo henna y estilizado de una manera muy coqueta yendo así no más unos cuantos rizos, hacia la derecha...

—Vittorio! Amor mío, corazón dulce, te beso ardientemente, déjame besarte ese pecho bronceado y cada pelito rizado así así, ay ay —Petrina! Cara dolce vita mía, mía moglie, bacioni tanti, tanti baci besos así así wow wow

Se van los tres a cenar felizmente, una sonrisa delicada en cada cara...hablándose en tonos melífluos, eufónicos, melodiosos. El, Vittorio tu marido, te dice cosas poéticas mientras te llena la copa...de vino rojo Cribari...y mientras su niña perfecta se llena felizmente, sin molestar en lo mínimo, ustedes se dan miradas significativas mientras beben y comen la cena de rock cornish hen a la carbonara...A la hora de acostarse, besan los dos a la niña y la llevan a su camita blanca con canopy de olanes de tul. Ustedes dos...

BRRRRIIIIIIIIIINNNNNGGGGG

Ustedes dos no quieren contestar el teléfono, porque ahora no resisten más...Ha sido un día largo, demasiado largo y ahora ustedes dos, quieren ser ustedes dos, y se van abrazados cuando surge de la nada una orquesta a todo dar, y se van bailando un vals de Vienna...por casualidad--Vittorio es muy, pero muy sofisticado--llegan a la recámara, al lado de la cama, y sin ningún esfuerzo aparente, se te cae el pegnoir del negligée...--Vittorio te susurra: —C'est vraïment un soirée, n'est ce pas? Y tú, Petrina casada y feliz para siempre, le contestas, levemente jadeante, —Oh, pero OUI OUI my pet! Y entonces ustedes dos...

BBRRRIIIIIINNNNGGGGG

No, todavía no te hace ring el bell, todavía no...Ustedes dos no quieren contestar el teléfono, porque en ese momento le desabrochas los pantalones rosita y rete apretados a Vittorio tu marido y le salta —PLINNG! el pene ancho, largo, oscuro y pulsante, y tú lo coges en la mano suave pero fuertemente, sí es posible, y le murmuras al oído mientras mientras lo empujas a la cama y brincas sobre él, el pene digo, y rechinando rechinando le gritas bajito, sí es posible, —Oh, oh pero OUI sí sí uy uy uy mi pirulí...! —La orquesta toca Wagner, y tú reconoces que eres la...son ustedes dos, los seres más cultos e idealistas de todo el mundo...Bueno, por lo menos, en Southwest City.

BBBBRRRIIIIIIIIIIIIIIIIIIIIIINNNNNG!

—Aló...Oh, sí, Memo...oh...de veras, el velorio es esta noche, that's right...No, no, nomás estaba jugando con papelitos aquí, como quien dice...haciendo tortillas...

Vittorio entra a su apartamente y te besa tan fuerte, que te sale sangre de la boca, los labios, la sangre te hililla de la boca y te desmayas. Tu copa está llena, tu copa se desborda de llena...

POR QUE CORRES CORRES POR QUE

El velorio, esa noche, te hace a pesar de ti pensar SANGRE

7. TE ACUERDAS? TE ACUERDAS?

Sus venas de niños violadas por penes de hierro...violadas las venas, sin sangre...regresan del parque violados, apenas son niños, apenas...un día es tu hermanito y...ya no es, para siempre, violados...

DON'T GO NEAR THERE MIJITO
PLEASE DON'T GO

Me duele la cabeza, con el velorio me empieza una migraña...ja-queca (siempre me recordaba **hot-cakes**). No quiero pensar todo esto que he estado pasando y repasando como grabadora...no quiero y encuentro que al entrar a la mortuoria, sigo componiendo frases, fragmentos de poemas, escenas en la cabeza...Me duele, me siento despacito en una de las últimas filas...Aquí no hay puertecita abierta, pero sí hay cajón largo y negro, brilloso, sí hay un cerco de velas prendidas alrededor...Siento un nudo en la garganta... —Petra?— Doy un salto del susto...Me habla Memo, me dice que si vi al hermanito del Puppet, mientras él mismo busca con la mirada hacia donde están los parientes.

—Siempre no le van a poner tombstone...lápida...Dijieron que más tarde, que después mandarían plata pa'eso...Veremos...No-jotros pudinos juntar pa'l cajón nomás, t'ije? Mira, ai 'stá el hermanito, en el rincón ai, 'on'tán lo'jotros...

PUPPET PUPPET PUPPET TUS OJOS TU PELO TU CARA HERMOSA TUS OJOS PUPPET

Oh nononono no quiero recordar...(No lo vites en las news?)

—Oh God, Memo...es él, es él...la puritita cosa...otro Puppet...
—El padre del Puppet se ve muy acabado, parece que sí, que le ha pesado mucho al fin, el fin triste del hijo que abandonaron

45

tiempo atrás...llora desconsoladamente, como los hijos sentados a su lado. La madrastra aparenta suspirar y solloza de manera muy ostentosa. Memo y yo cambiamos una mirada fulminante y asentimos ambos, meneando la cabeza de que —Oh no, yo no le creo tampoco a ésa... —sin decir palabra.

CAJON CERRADO BALACEADO SANGRE SANGRE

Los pensamientos me empiezan a vagar, mientras esperamos que se llene más la sala en que estamos sentados...Huelo velas, perfume, sudor de gente de trabajo. Alguna gente ya se está poniendo impaciente, esperando a los demás...Oímos seguido —Acompaño sus sentimientos, señor...—Cómo nos pesa su pérdida, señor López...Casi nadie se fija en la mujer. Yo pienso en los **hotcakes** que me están quemando las sienes, inflándose dentro del cerebro...Sangre...Debería haberlo anticipado, tomado algo...ARGO...pero yo ya andaba bastante alterada en estos días...PETRA QUE TE PASA POR QUE CORRES — Mira, Pat...Here comes Inerest! Es la Inés...la que t'ije era la novia nueva del Puppet... Carlos y Medeiros se han mantenido callados al otro lado de Memo, en la misma banca...Al fijarse que es...indeed, it is Miss Ineresting Inerest...suelta en risa sofocada, el grandotón de Carlos...Al ver que llora bastante sinceramente la chica, se tranquiliza un poco nuestro amigo joven al lado de Medeiros. —Soy la **fiancée** del Puppet, le dice a los padres del batito.—El papá del Puppet salta y la abraza, y la invitan a que se siente con ellos, entre los parientes. Carlos se agacha, la cabeza entre las manos...no creo que llora, pero está temblando por algún motivo...

VELAS SI TE INVITO A UNA BIRRIA POL LA NOCHECABLON CA'LOS..

Lápida...no tiene lápida excepto la cruz que está sobre la mamá...Ni tumba ni lápida propia, por ser pobre...Yo no había pensado en estas cosas nunca...era algo más abstracto, como la oscuridad...La muerte, digo, era ARGO más abstracto porque **sólo había muertos en los funnybooks...**

???...O NO SER

Esa es realmente la pregunta...contundente...**Ser,** o no? Did

Puppet have a choice? Empecé a imaginarme a Puppet como Hamlet, para no pensar en la cabeza, que me estallaba ahora-...Veía que había llegado un sacerdote, que ahora saludaba a la familia allá en frente, que Puppet...se erguía despacito de su cajón brilloso y negro... (Oh no, ya empezaste otra vez con tus desvaríos, ya veo lo que pasa cuando te dejo sin vigilar por un ratito nomás...) Puppet está ahora en frente del público, que obviamente se ha vuelto callado, dándole total atención al batito...Pero Puppet se ve muy extraño...no trae ni su chaqueta y corbata que le compró la madrastra, ni los pantalones matching que le compraron el Memo y los otros amigos...No, se ve muy curioso, lleva unas medias-tights negras ajustadas...Trae blusa negra, con mangas algo esponjadas, un chaleco negro de seda brillosa, y un cuello como un acordioncito blanco, bajo el mentón moreno...En el pecho, brilla un águila color rojo ...— Qué traje más raro, dice Memo dentro de mi visión-delirio, —pero se ve **sharp**, no crees, Pat? (mira qué ocurrencias tuyas, hacer cómplice al Memo en tus desvariacas y de remate vestir al batito de Hamlet!) Está hablando el Puppet, apenas lo oigo porque le da vergüenza a él que todo el mundo lo esté mirando tan fija fijamente...El está murmurando algo, mirando hacia el suelo con sus terrazas asépticas...Nos inclinamos para oír mejor lo que dice mientras estruja un sombrero de paja...No, no, no es de paja (ya ves cómo se te pega lo que leíste en otra parte, romanticaca?) es de terciopelo negro, un beret-boina, eso es, de terciopelo y con una plumita blanca de paloma al borde...Estruja el sombrerito negro y apenas apenas empiezo a oír sus palabras, como si fuera un soliloquio que flota desde muy muy lejos...No entiendo muy bien pero creo que dice

...Vivil o no vivil, ésa e la plegunta..
Pala qué m'balacealon esos dos chotas,
eso e lo q' quielo sabel, pala qué...yo
qué les jice, qué...? Molil? Pos yo no
tinía miedo, no... (mientras habla el Puppet
vestido así raro de negro, se para en un pie
y entonces cambia al otro pie, dándole un
aspecto realmente de un títere inseguro...
todavía no ha levantado la mirada hacia
nosotros, hacia mí...) ...tomando? O pos

47

sí, pos pala no recoldal, polque...Yo sé
que vi a mi 'apá, yo sé que lo vide...
(aquí se voltea el batito de negro hacia
la primera fila, donde están los padres)
—Polqué, eh?...Polqué...? Yo qué les jice...?
Qué les jicimos nojotros...? (da vuelta de
nuevo hacia el público, como si estuviera en
un **Proscenio**) ...Saben? me quedé con muchas
pleguntas...no tuve tiempo de pleguntal na'a...ARGO...

perfoman

De repente, me doy cuenta de que Memo me está dando codos
para que me fije en algo que estaba diciendo allá en el fondo...
—Pat, mira, mira lo que está pasando...! Veo ahora claramente
que el cajón está todavía cerrado allí en frente de nosotros, y que
están una señora y su hija teenager alegando algo con el papá del
Puppet...todo el mundo le ha prestado atención a la conver-
sación: —pero le digo que mi hijo ya tiene fiancée, Inés aquí
sentada...! —Ye le digo que mija y el chamaco ése de usté 'staban
bien engachados...**engaged**, pues...— rezonga la mujer enojada...El papá contesta que no, no puede ser que el Puppet...Ent-
onces la segunda joven-novia contesta que —Sí, siñol...juinos
engaged, mile el janillito q'mi dio...— Pareció que estas palabras
de la chica le ablandan el corazón al padre del batito, sería por
nostalgia repentina o por arrepentido o quién sabe por qué, y
para terminar con el cuento, por fin invita a la segunda **fiancée** a
que se siente al otro lado de la fila, también con los parientes.
Memo y yo nos miramos, incrédulos y fascinados con la escena-
...Carlos, al lado de Memo, otra vez tiene la cabeza entre las
manos, está bien agachado y está temblando, todo rojo por
algún motivo...Por los sonidos que se le escapan (ahora tiene la
cara tapada por las manos) yo sospecho que **no** está llorando...Memo mira el techo, yo me muerdo los labios, pensati-
va...El Puppet vestido de negro está allí y menea los rizos ahora:
...pos, no jallo nada mar con eso...tiene celos u qué?...

QUE HACES PARA NO AMARGARTE PARA SIEMPRE QUE HACES QUE

como l'ije al cablón Ca'los (velás cablón
pol leilte'e mí velás)...el miedo e molil

jace que la gente tenga miedo de jacel argo...
de jacel pleguntas que deben jacelse y jacel
a los jotlos...Pos, y esos dos chotas, y qué...?
Polqué si fijan si traiba juna u dos fiancées?
(aunque aquí se avergonza claramente el Puppet
vestido de negro y juega con el pie bueno unos
segundos, como para desviar nuestra atención
del incidente de la segunda novia que ha llegado)
Mejol plegunten a la chota argo güeno, como...
Yo 'staba tomando y buscando a mi'apá...yo qué
les jice...?

—BRIING, BRIING. Suena la campana en la misa que dice el *campana — teléfono* sacerdote y cuando llega el momento de —Through my fault, through my fault, through my most grievous fault...—se oyen los sollozos y golpes de pecho fuertes del padre de Puppet, allá en frente...

POR QUE CORRES PETRA QUE TE PASA CORRES CORRES

—Petra, habla Loreto...Hay algo, como...no sé qué...pero algo no cuaja en la versión de la placa...Pues anímate, muchacha...

Oh, sí, muy fácil, anímate...horas y horas de tratar de escribir una versión de la vida de Puppet, o de la muerte de Puppet, o del no-vivir de Puppet, y todo lo que logras son fragmentos, puro stuttering romantichucho...Estoy de acuerdo, algo, ARGO huele mal en Southwest City...Qué es lo que nos/te está tratando de decir este batito en medias negras...(ja, ja, tú no sabes tú nunca supiste y tú nunca has hecho nada ja) Pide venganza simple y sencilla? Por qué se me aparece como Hamlet, qué pueden tener en común un chicanito bato del barrio con aquel príncipe danés...Que argo huele en Dinamarca, qué qué...? Que madrastra en este caso, que el cariño robado, que los padres débiles...qué qué injusticias...? *Hamlet*

Pala qué se mata la gente, pala qué...
sí, jeso q's' llama **ciusidio**...y tamién
cuando unos chotas o tus padres o los
pushers te...pos, no, no tinía miedo'e

49

mea culpa

molil...Pelo quelía vivil...Polqué tienen
miedo'e decil argo...?...de jacel pleguntas...?
SUS OJOS

Me duele, me duele la cabeza, me siento mareada de incienso,
sudor, olor a velas que queman como luciérnagas allá alrededor
del cajón negro...Siento náuseas...Campanas, hay campanas...

BRRIING. BRRIINNG...Se oyen golpes secos, fuertes, de
pecho y sollozos de **mea culpa, mea culpa**...no es el padre de
Puppet, ni la madrastra ni nadie...me doy cuenta, sobresaltada,
que **soy yo** quien ha dicho (ja, ja, se te salió por fin se te salió)...

...But that the dread of something after death,
The undiscover'd country from whose bourn
No traveller returns...

memoria

Sí, sí me acuerdo y no quiero, porque me duele acordar, la
conciencia así nos hace cobardes a todos, y así las resoluciones
de actuar, las grandes empresas, lo que consideramos de impor-
tancia, se vuelven pálidos, se disuelven, desaparecen al pensar en
las consecuencias posibles, en que si hago esto, me pasará esto-
tro TE VA A PASAR ALGO ALGO MALO TE PASARÁ YA
VERÁS VERÁS

*la voz de
la conciencia
en el
poco*

Thus conscience does make cowards of us all...

(Pero es **otra** conciencia la que hace falta, no crees?)

TU NUNCA QUISISTE OIR

Ha vuelto el Puppet-Hamlet, ahora está diciendo, a mi lado
ahora mientras yo evito, evito la mirada y de reojo temblando
veo que por las medias negras empiezan a suporarle polka-dots
de sangre... Empiezo a contar las polka-dots rojas e irregulares
en las medias negras piernas delgadas a mi lado...

Mejol plegunten a la chota argo güeno...
Oh, sí, me'ijo Félix q'l'ijera esto:
Mejol plegunten pol ai...Por ai jay argo
güeno...nomás no sí'agan ya los desentendi'os...
Pol qué no mi mila, siñola...? Oh, velás cablón
Ca'los...velás...!

50

—Pat! Petra, mira...! Memo me está estorbando el hilo, el hilo
de sangre que estoy siguiendo, que ahora que lo miro a Memo se
me hace que me está hablando desde muy lejos...—Pat, qué te
pasa...? Estoy otra vez al lado de Memo, viendo que se ha
terminado el servicio pero que acaba de acercarse una muchacha
de unos quince años a donde se están levantando los parientes
del batito. La muchacha es pequeña, trigueñita, lleva rebozo *otra*
negro y rosario, está llorando, le dice algo al hermanito del *novia*
Puppet que se parece a él...El hermanito la mira, dice que no,
ahora dice que sí, ahora dice que no sabe, lleva a la muchacha
con el papá y parece que se la presenta...El papá dice, —Qué
qué...? Ah, qué mijo, quién lo iba a creer...! Carlos, quien no se
aguanta de curioso, ha ido a preguntarle no sé qué al hermanito
de Puppet, y vemos que regresa...qué qué falta de respeto, viene
sofocándose de la risa el condenado VELÁS CABLÓN
CA'LOS VELÁS qué nuevas traerá...Memo me mira con apren-
sión, y se le sale...—Oh no, not again...! Memo da vuelta a ver
qué dice Carlos, Carlos le dice algo a Medeiros, quien solamente
menea la cabeza de un lado a otro, no lo creo, no lo creo, Memo
le señala con la cabeza —Qué pues?— a Carlos y éste condenado
muriéndose de la risa contenida apenas dice que sí y señala uno, *la*
dos, tres dedos de la mano...—Tres novias...fiancées...! —suelta *mujer*
Memo, dando vuelta a verme, —...tres! Y tan calladito el chamaco...! —Saca el pañuelo, se limpia la cara sudada, se tapa la
boca, meneando la cabeza empieza a reirse bajito, se ahoga, ríe,
llora, nos abrazamos, riendo lágrimas QUE BATITO PUDIA
SER MAS TAPADERAS...

    ---pos, no jallo nada mar con eso...
    tiene celos u qué?---

PARA NO AMARGARSE PARA SIEMPRE QUE HACES QUE OJOS HERMOSOS

    ...No 'ijo na'a e mi águila colora'a
    (Como la sangre de un venado...? Ja)
    Esta aquí que llevo...en el pecho...
    Pol qué no mi mila, siñola, pol qué...
    ...vivil, o no vivil...e lo que l'igo...
    Están celando las luces aquí...Si'ace
    osculo...muy dark...Volvelé...

Todavía traigo jotquequis batiéndome la cabeza...—Vámonos, Pat...— Memo me encamina al carro, que he dejado detrás de la funeraria, escondido por unos arbustos...iba meditabundo Memo, y al abrir la puerta del auto me dice de repente, como acordándose de algo, —...Pero si apenas tinía pa' meter en el savings, pa' vistirse sharp y pa' comer...! Oh qué Puppet, pudía ser tapaderas...tres fiancées... Y mira que nunca 'ijo na'a el chamaquito...! —Me abraza mi amigo, y mientras saco el carro del estacionamiento oigo que Memo se va hacia la camioneta riéndose bajito, y veo en el espejo que va limpiándose los ojos y meneando la cabeza, ah que Puppet, pudía ser más tapaderas...

(más tapaderas juiste tú vistiéndole como danés tristón y fil-ósofo, qué qué tinía que ver un águila roja en el pecho, que tú no quisites, no dijites, no hicites...?? guáchala...ja, ja...A César, lo que le pertenece, ja ja ja ja...!)

No quiero recordar no quiero no quiero...En el espejo creo ver que me viene siguiendo...un carro largo, brilloso negro...no, no, es rojo el carro, como la sangre de... (del Wimpy? ja ja...) Oh no no hace tantos años y no puedo ya...El carro largo, brilloso y rojo **me persigue** a unos pocos metros ahora, creo distinguir que maneja ...Samuel Longoray...lleva sombrero alto, oscuro...trae uniforme negro...no, no es negro...es verde oscuro, como como como caquita de gallinas...ahora el carro está a mi lado...por qué no he llegado todavía, cómo se ha hecho largo el camino, el corazón se me sale traigo seca la boca...**alguien** baja la ventana del carro brilloso a mi lado **alguien** me grita...qué me grita qué...oigo sirenas por la noche...este alguien, esta cosa a mi lado en el carro brilloso y rojo de sangre de venaditos tiene cara de cara de...momia muerte huecos sin ojos colmillos animal es un animal es es es...

—AAAAAAYYYYY, mamaaaaaá...papaaaaá...ay viene, ay viene nos va' agarrar... aaaayyyy....! (ja, ja, ja, te acuerdas, acuerdas...?) —Entran dos niños aterrorizados y agarraditos de la mano aterrorizados gritando pidiendo por sus papás miedo terror ay viene nos va' agarrar... —Qué mijita, qué te pasa, por qué corren...? Sale la madre de la cocina del restaurante, sale la abuela, salen los tíos, sale el papá ah qué se traen ahora estos buquis ocurrentes salen los clientes los amigos mojados las meseras qué te pasa quién los sigue quién...?   *la migra*

—LA MIGRAAAA...la migraaa.....ay viene la migraaaa....ay mamaaaaá...! Dos niños gritando llorando haciendo escándalo en el restaurante de los abuelos dos niños aterrorizados de la inmigración de la patrulla que ellos saben ay viene ay viene ai los amigos mojados las meseras corren se esconden por allí salen corriendo hacia el alley por la puerta de atrás se esconden tras el mostrador en la cocina en el sótano ruido de sillas tumbadas mesas risas risas quién se ríe tus tíos tu padre tu padre tu mamá te pregunta les pregunta los abraza la abuela trae agua cómo lo saben qué les dijo le preguntamos le preguntamos...aaayy mamaaaá nos va'llevar ya viene ahora por nojotros...! NO LO VITES EN LAS NEWS?

Vinía en un carro verde, oscuro y brilloso...

WHO IS THIS CÉSAR CHÁVEZ ANYWAY...?

dos niños caminando solos al anochecer, camino al restaurante de los abuelos que queda a dos cuadras en ese pueblito polvo-roso al lado norte de la frontera apenas al lado norte de la frontera un pueblito mexicano en tus recuerdos pero al norte de la frontera dos niñitos que vienen calladitos al anochecerse de casa de la Cuca la Cuca que les tiene un terror a las patrullas a la migra LA MIGRA traen traje verde-oscuro les decía sombreros tejanos les advertía se llevan a la gente se la llevan por la noche por el día corran no les importan familias mamás ni niñitos como ustedes LA MIGRA...WHAT DOES THIS CHAVEZ WANT ANYHOW...I take good care of **my** workers...el carro oscuro se acerca, ahora va despacito y el sombrero tejano dice -EEIIITT...! Qué hacen por aquí, chamacos...!? Es una voz **honda**... —Quién es, preguntamos temblando, -quién es...?

—...LAAA MIIGRRAAAAAAAAAAA........!

aaaaayyyyy maaaaaamaaaaaaá...dos niños que se van cor-riendo y llorando y gritando porque los persiguen ay ay ai viene nos va'llevar...

(te acuerdas? te acuerdas, caca de gallina? Oh, esto se está poniendo güeno, güeno...ja ja ja)

53

THEY ARE MARCHING WITH A BLACK BANNER, A
RED EAGLE IN THE CENTER CHÁVEZ WOR-
KERS PRIESTS AND THE VIRGEN DE GUADALUPE
(no lo vites en los news, mensa...ja ja)

dos niños que recuerdan que a la Josefina se la llevaron del fil se
la llevaron en frente de todos ai staban parados viendo que les
gritaba déjenme suéltenme malvados se la llevaron PA'L OTRO
LADO porque no traiba **los papeles** no tenía en frente de la Cuca
y el Gallareta y el Efrén y la Hilda y los Escarcega y los Herrera y
los buquis de ellos que andaban también en la pizca te acuerdas
te acuerdas LA MIGRA la Cuca y el Gallareta se escondieron
entre las plantas las cajas vacías pero oían suéltenme auxilio
auxilio LA MIGRA otros niños escondidos LA MIGRA por
qué no hacen nada dos niños que no saben qué es pero es ALGO
—No te puede ayudar tu papá? No te puede ayudar tu mamita,
Cuca...? preguntas de niños dos niños que no saben no saben

CHÁVEZ? OH THAT TROUBLEMAKER MUST BE A
COMMUNIST! —No...—les dice la Cuca, abrazándolos, los

ojos diferentes raros llorosos...—ellos están...muy lejos...—

(y tú y tú y tú y tú y tú y tú y tú y tú y tú y tú ja ja ja)

POR QUE CORRES QUE TE PASA

entra el tío Juanito, entra al restaurante de tu abuela entra a
carcajadas porque porque entra riéndose riéndose al ver que
están dos niños asustados allí en brazos de mamá abuela dos
niños convencidos que LA MIGRA entra quitándose el sombrero tejano riendo le dice algo a tu papá los dos riendo el
sombrero tejano tu madre tu abuela se miran tu madre furiosa
ahora se levanta dice quedito pero en tono que tú no has oído
mucho —...Entonces fuistes tú, sangrón...?— El tío Juanito que
no se fija en la furia de tu mamá le dice algo como —...Oh qué
buquis que ni saben todavía lo que significa ser **american-born**
...Qué miedo le tienen a la migra estos dos...ja, ja, ja...!— dos
niños que todavía no conocen el resentimiento que le perdonan
pronto al tío Juanito y que no entienden por qué la mamá no le
habla al tío por mucho tiempo ni lo quiere ver ni pinto en sus
ojos de ella LOS OJOS LOS OJOS hay algo

(te acuerdas? te acuerdas? te acuerdas de aquello— "original y puro" en los ojos de los padres en aquel cuento chicano?

VIVIL O NO

Eso es lo que estás recordando cuando por fin llegas al apartamento, corres corres cierras con llave te encierras no quieres recordar no quieres pensar no quieres escribir duele duele el teléfono eso es llama a Vittorio por teléfono que traiga a la niña que venga que venga que se quede contigo para no pensar no escribir esta noche llena de Puppet y otras señas del barrio...Ves que entre el correo, ha llegado una carta de María, desde Alemaña...Tú resistes abrirla...en este momento, tú no quieres no puedes recordar...ARGO...

8. UNA CARTA DE MARÍA

Te llevas la carta de María a la recámara, dejas las luces prendidas en la sala y afuera pero no pones la lámpara al lado de la cama...todavía no quieres no quieres leer. Te acuestas, esperado a Vittorio...

BBRRRRIIINNNNGGGG...BBBRRRIIIINNNNGGG...

—Mamá?...Sí, habla tu number-one daughter...Ji, ji...Ya, I'm feeling real good...Me gusta aquí en el dormitorio en la Universidad...Sí, yo sé...I miss you too...Pero necesito mi independence...má...tú sabes...Pues tengo dieciocho años, qué no...? (ah caray ya ves por siempre postponer los conflictos les decías pues todavía no tienen sus dieciocho años y ahora ya hora)...Mira, Mamá, creo que voy a escribir a la Universidad de California en Santa Cruz...Well, I think I would like living en la costa...dicen que es muy saludable por allí...Y así estaría cerca de la familia, no crees...? Oh, mom, don't be like that...Don't...(ya para qué suata ya para qué)...Vas a estar bien...California no está tan lejos...

la familia

(Muy touching, alquien te va a decir...ay qué trágico ay tú tragicacas la vida salpicaca mosca muerta...Very touching ja ja ja) Desfiando, le sigues la corriente...este hilo de sangre que vas siguiendo, y recuerdas cómo te empezaron a hacer falta estas cartas de California...las cartas de tu hija, las cartas de los hijos idos lejos...qué buscan los hijos que se van tan lejos de uno...? (Y tú por qué te fuiste lejos? Y cuándo les escribiste a tus padres...?) De vez en cuando, de vez en cuando, escribes cartas a tus propios padres cómo están nosotras bien nada de nuevo saludos recuerdos y así envías noticias en forma telegráfica de que existes todavía. Para todos, el último recurso ha sido llamarte por teléfono...tu hija mayor es más persistente...Sus cartas te hacen a pesar de ti pensar...

—Por qué no contestas mi última carta, mamá...? Estás disgustada porque te pregunté ciertas cosas...? Es que solamente recordaba que tú estabas en tus últimos años de la universidad cuando César marchó por el Valle...por eso te pregunté lo que te pregunté...Sé que fue en esos años antes de Kent State, cuando mataron a aquellos estudiantes, pero ya empezaba la resistencia en las universidades por acá...Te acuerdas...? (ja ja ja ja ja...que si se acuerda, ja ja) Conociste a César Chávez, mamá?...qué no me habías dicho que tenías amigos que trabajaron con él...Y tú...? En mi clase de La Raza Studies aquí en Santa Cruz, estamos estudiando esos años de formación del Movimiento, y por eso yo...Escríbeme, mamá...Te dije que he empezado a escribir poemas...? Aquí les mando uno...es un poco corny, pero le gustó a mi maestra en esa clase sobre la chicana...Besos a Marisa... (P.S. MOM! Estoy trying de practicar el español...anyhow así te escribo OK)

Esa vez, el poema que te envía María tiene tema nuevo...los de antes, los poemas que tu hija hacía en la secundaria, eran de amor, de los familiares, de las amigas...este poema claramente es de una María distinta...consciente de algo...se titula "Half-Breed", está escrito en primera persona...Tú lees y relees el poema, lo guardas en el cajón de tu escritorio y por varios días te estorba allí...el poema de María, con sus sentimientos ambivalentes, conflictivos sobre sus propios orígenes, no se quiere quedar en su papel en el escritorio, y te sigue, va contigo y reaparecen fragmentos de frases cuando menos lo esperas..."To be half-breed...is **dolor**...is not having had a choice...quíen soy...? Entre estas dos culturas...cómo escoger...? soy las dos...no soy ni la una...ni la otra...soy yo...HALF-BREED...and only under stress acepto.../this mind-split imposed on me..."**Corny** el poema...si no tiene nada de simple...Ella todavía ni sabe lo que puede hacer...La próxima carta de María contiene una foto Polaroid en frente de la playa en Santa Cruz, la Universidad en la distancia, y una María sonriente, alta y erguida, con ojos brillantes, brillantes como estrellas jóvenes. Trae una T-shirt amarilla que dice en letras rojas y negras, grandes:

CHICANA ½

Realmente, piensas tú, algo le está pasando a tu hija...va cambiando allá, lejos de ti...She's really growing up...(y tú ja ja ja y tú)

LAS CARTAS DE MARÍA TE HACEN A PESAR DE TI PENSAR PENSAR

—Las cartas de Chema, sí es mi hijo mayor José María, el que le dije estaba en México, me hacían pensar mucho, señora Petra...Cómo no, si yo veía que se había empezado a meter más y más con aquel compañero de cuarto, que lo había embrollado en la política...Los folletos que distribuían...? Oh, bueno, decían de Tlatelolco...No lo vio usted en las noticias, verdad? No, no tampoco nosotros...pero este compañero de Chema trabaja con un grupo de...bueno, vamos a decir de escritores-estudiantes...quieren darle a saber a la gente, a la nación dicen, ...que el mundo no se ha enterado de lo que realmente pasó allí, en la plaza de...sí, sí, Tlatelolco...sí, ese lugar, el de Las Tres Culturas...

NO LO VITES NO LO VITES NO LO VITES EN LOS NEWS?

Le digo a Medeiros que estuve yo allí en el '67, un año **antes**... En la escuela de verano en la Universidad de las Américas, el profesor hace varios minutos empezó su discurso del día sobre los orígenes de la literatura mexicana...tú has perdido el hilo, estabas pensando en la excursión que hicieron tú y Elvira ayer por la tarde después de clases...en tus notas ves que has escrito el tema del discurso de hoy "Literatura de conquista" ...El profesor está diciendo, que nos da las facetas enteras de lo que era la conquista, no sólo el lado español de lo que era la guerra... está ahora citando a un poeta indígena anónimo...

TODO ESTO PASÓ ENTRE NOSOTROS, NOSOTROS LO VIMOS...

En 1521, dice el profesor, la ciudad de Tenochtitlan queda a merced del conquistador...tú apuntas, sin más consideración, "El mexicano es un producto de la unión de español e indígena...es entonces, **un hecho liquidado**..." Te acuerdas, de paso, ciertas páginas de Octavio Paz, no sabes si estás de acuerdo o no, solamente apuntas para lo del examen final (ja ja cuál examen final, cuál ja ja ja) "...Llegan entonces los conquistadores espirituales...vienen en número simbólico: son **doce**..." Por la tarde te lleva Elvira a conocer a un amigo, —Es sacerdote, te dice, —lo conocí en El Paso hace un año, pero no tengas miedo, ni parece cura, ya verás...Los misioneros, continúa el viejito español, fundan colegios, por ejemplo Fray Bernardino de Sahagún enseñaba a los naturales en...

—...el antiguo Colegio de Santa Cruz de Tlatelolco...—te está diciendo Elvira en el camión que las llevaba al mercado abierto grande, —allí está el padre Nacho, en la antigua iglesia...del mercado, nos vamos a pie a la Plaza, te va a gustar, es un lugar muy antiguo, no te acuerdas de la historia de los aztecas...? —El profesor viejito se está entusiasmando ahora y tú estás perdiendo la concentración en lo que dice, dice algo como — Muchos soldados españoles gozaban de o vivían con las indígenas y no se preocupaban por los hijos...—...tú piensas so what's new y te fijas ahora en la pierna cruzada del profe exiliado de su país debido a la Guerra Civil sabe hace cuántos años, el pie lo está meneando furiosamente ahora y la voz del profe sube de manera emocionada...—El Colegio de San Juan de Letrán, dice el profe chochito, —es otro ejemplo de la precupación del conquistador espiritual, digo, el misionero, como fue dedicado primitivamente a educar a los niños mestizos que habían sido abandonados por los padres, este colegio suplirá lo que es ahora escuela normal...—te empieza a dar sueño por la desvelada de anoche pero apuntas de todos modos lo que acaba de decirles el profesor...algo como, —en la Plaza de las Tres Culturas, en Tlatelolco, todavía están algunas escavaciones conservadas, allí hay algunos edificios, los hechos históricos deben siempre importarles,...Como estudiantes americanos...y especialmente **a usted**, señora Leyva, le debe interesar,...—esto hace que me despierte, el profe no es tan chocho como yo creía, se ha fijado en mi falta de atención esta mañana...—...en el Colegio de Tlatelolco se empieza a aleccionar a los niños mestizos por los conquistadores... —Esto, yo lo apunto, acordándome del padre Nacho y la noche anterior ...La Plaza, cuando llegamos Elvira y

60

yo, estaba desierta...había un par de turistas rubios alemanes cerca del monumento moderno con sus cámaras, ustedes dos también traen las suyas y tú corres a ver una excavación conservada...Elvira te dice, mira, son ruinas conservadas, imagínate que esto era sitio de otra plaza, más antigua...

Van por el espacio abierto hacia la iglesia, Elvira se mete por una puerta al lado, y suben unas escaleras, salen a una veranda en el piso superior del edificio, y Elvira te lleva a la orilla de la veranda...—Mira, Pat...allí abajo jugaban los niños mestizos en ese patio...Tú imaginas muchos cuerpos jóvenes, llenos de vida y llenando este espacio desierto con sus voces...—...Aquí viene el padre Nacho...Ola, qué tal...? Mira, te presento al padre Ignacio Flores...bueno, llámale Nacho, pues...El padre viene vestido de chaqueta sport oscura, camisa blanca, pantalones cafecitos- ...Las invita a una cerveza, se sientan en una mesa que hay allí en la veranda y el cura regresa con unas cervezas, un salero y un platito de limones rebanados...—Mira, Petra, te voy a enseñar cómo se debe disfrutar de la cerveza...dice el Padre Nacho...Bajan a la plaza muy contentos, llenos de vida, le pides a Elvira que te retrate con el Padre Nacho para mandarle a tu hijita María una foto de un cura mexicano, no lo va a creer, fue unas de las cosas que quisieron cambiar, separación de Iglesia y Estado, te está diciendo el padre Nacho, no van a creer que usté es cura, es usté muy diferente...

—Dear Mommy, thank you for the picture of that Indian place. It looks very empty...Where did all the people go? Is that really a priest with you? He is young and handsome, golly. I miss you very much, love your baby, María...

THOSE PRIESTS MARCHING WITH CHAVEZ MUST BE
COMMUNISTS
THOSE NUNS IN NICARAGUA MUST BE MARXISTS
OR COMMIES
MUST BE

El padre Nacho las invita a cenar en un club en la plaza Garibaldi, —...Vamos a los mariachis...? les dice—Esa noche, ustedes tres cantan canciones hechas famosas por Pedro Infante, Libertad Lamarque, los Panchos, éxitos de Manzanero, rancheras, y

61

otras tantas canciones que tú ni sabías de dónde pero recordabas la letra de cada una...canciones que ni habías recordado por años, desde que se fue tu familia al norte, al Valle San Joaquín...—...se ve que tú todavía eres **mexicana**, Petra...— Nacho te mira largo momento y luego te pregunta bajito y tentativamente, —...crees que los curas se deben casar...? A ti te da vergüenza, no sabes por qué te dan ganas de correr, le dices pero usté y yo podríamos ser hermanos, no cree, hasta nos parecemos, no, no, no, yo nunca lo he pensado...De veras, usté es muy diferente a los otros curas que yo he conocido...(Y aparte te daban daban miedo siempre pero siempre las ideas diferentes radicales libre-pensadoras revolucionarias jajajaja oh tú siempre tratabas de toe-the-mark cómo te gustaba quedar bien jaja) —Está en crisis...una crisis espiritual, ideológica, no sé...pero pues, no le viste los ojos, cómo te miraba...? te aconseja Elvira, —Sí, está all mixed up, his eyes are all confused...—...es que está desesperado con ciertas cosas...de la Iglesia...del Gobierno- ...trabaja mucho con unos grupos estudiantiles...Por qué no le hiciste caso...? No viste en los ojos...**he likes you...**

EL PADRE BERNARDINO DE SAHAGUN ES UN CASO DE PARANOIA GALOPANTE
TRATA DE DOCUMENTAR RECTIFICAR CAMBIAR PECADOR CONVENCIDO MENTECATO

—Por qué corres, Petra? Qué te pasa...?

VIVIL O

—...no sé, Elvira, no me preguntes no más vámonos aquí está el taxi, vente ya...

SAHAGUN?   OH HE MUST BE COMMUNIST!

BRRRRIIIINNNNNGGG......   BRRRIIIINNNNGGGGGG...
BRRRRIIIINNNNNGGGGGGGGG...

—Aló, Petrina...! Sí, soy yo, pues yo...Vittorio, pues...qué estabas dormida, o qué...(that's right **bien dormida** así estabas ja jajajaja) Sí, ya voy con la niña...Ya vamos para allá, no, no puedo quedarme, tengo cita con...con **un amigo**...Well, it's none of your business así no me preguntes ni que estuviéramos casa- dos...(juuuuuuuuuuyyyyy, vamos pues, estamos en plena hora de

62

confesiones ajúa...jajaja)...Sí, CIAO!

Vittorio ha colgado el teléfono...te quedaste mirando el receptor en la mano, y al ponerlo de nuevo en la mesita al lado de la cama, ves la última carta de María...Qué habías pensado soñado cuando sonó el teléfono...qué fue qué...Oh! Oh no, tú no quieres no quieres recordar...

YACIA BOCABAJO, EN UNAS MANCHAS ROJAS EL CUERPO ANGULAR

—...Señora Petra! Señora Petra!...Qué le pasa, no va a contestar el teléfono? te pregunta Medeiros, quien ha entrado de afuera donde acaba de limpiar los ocotillos y saguaros que están alrededor de la oficina. Distraída, te fijas que han metido grava y lodo los trabajadores esa mañana...Claramente puedes ver cuáles son las huellas de Puppet, siempre arrastrando un tantito esa pierna mala, el pobre, pero no deja de trabajar...—Ya lo conoces, Pat, siempre tan acomedido el batito...—El teléfono el teléfono hay que ver quién es...
—...Good afternoon, Southwest City Estates...Oh, sí, señora...aquí está...Medeiros, es la mujer de usted...que si puede hablar...Medeiros va al teléfono de la salita de atrás, oigo que exclama algo como contento, se despide y cuelga.

—...Ha llegado carta de Chema, por fin...! Cómo está de contenta mi mujer, ya se imagina usted, hacía tiempo, y con aquellos amigos con quienes se ha metido, quién sabe cómo va a acabar este muchacho...Siempre tan inquieto, siempre buscando algo-...tan idealista, sabe? Por eso, pues, no aguantaba ya en Rayón el chamaco...No sé para qué se fue a la capital...—México no está tan lejos, nos dijo al despedirse, —México no está tan lejos, y allí dicen que hay trabajo y a lo mejor puedo asistir a la Autónoma de noche...No está tan lejos, y tiene que ser mejor que aquí, no? Les escribiré, les mandaré dinero, no está tan lejos...—así nos dijo, dice Medeiros. Viéndome distraída, recoge el rastrillo y se va por la puerta de atrás para trabajar hasta que pase Memo con los otros trabajadores para recogerlo.

OJOS JOVENES LLENOS DE
MEXICO NO ESTA TAN LEJOS

63

9. HACE SIGLOS QUE NO ME ESCRIBES

Tú has estado pensando en una carta de María, que te ha mandado hace unos días, enviada desde Berkeley...Su clase de La Raza History ha hecho una excursión a la biblioteca en la Universidad de California, Berkeley...ha cambiado tanto tu hija, no sabes qué le pasa, cómo va a acabar esta chamaca, tantas ideas nuevas..."...**progresistas,** mamá, eso es lo que somos nosotros...En nuestra célula de estudios, hemos leído a Marx, a Engels, a Hegel a Lenin y hasta a Trotsky, estamos examinándolos a todos, a todos...Por qué tú no me hablabas de estas cosas, mamá...las injusticias...tanta sangre, por tantas causas equivocadas...Mom, you always taught me to know right from wrong...

PERO DE ESTO OTRO TU NO SABIAS TU NUNCA HAS HECHO NADA

Besides, continúa Venus, I don't think the communists have all the answers either...De todos modos, yo tengo que resolver problemas **ahora mismo**...simplemente, cuando cogen o meten a alguno de César, pues mi trabajo es sacarlo en cuanto sea posible...somos entonces, nosotros contra ELLOS...y entre nosotros y ellos, pues te digo Pat, de todo hay, hay de todo- ...Queremos la justicia, y si nos acusan de impacientes, pues, ya era tiempo, no crees? Well, it's just that simple...what are you so afraid of...?

IT'S JUST THAT SIMPLE

Mamá...I went to see a movie about Nicaragua, and met a lot of latinos...estoy aprendiendo mucho...Y tú, mamá, qué me cuentas...?"

LA(S) CABEZA(S) MORENA(S) YACIA(N) EN
EN UN CHARCO DE SANGRE SANGRE
CHARCO(S)

—...mamá, hace siglos que no me escribes...Qué te pasa? Cuándo vienes a verme en Santa Cruz...? Podemos descansar en la playa, puedes ver la biblioteca...Aquí estoy viviendo ahora en el barrio de la ciudad...es lo más curioso, aquí el barrio está entre las casotas de lujo, entre los hoteles de lujo, en frente del carnaval y al otro lado, la playa...Ya verás cuando veas a los cholos del barrio, entre la gente que viene de turista...qué contradicciones...it really makes you wish you could do **something**...Mamá, **yo quiero hacer algo,** yo creo que puedo hacer algo para ayudar a la gente, todavía no sé qué, pero después de ver estas películas que están trayendo mis profesores, las películas de Latinoamérica...I miss you mom...but there's things I need to talk to you about...Cuándo vienes a verme...? —En la carta, tu hija te ha enviado unos folletos políticos...suenan a socialismo, comunismo (idealismo? qué otros -ismos se/te han conjurado s/t han sonado a escoger tartamuda meona a escoger)

SIGLOS SIGLOS

—...Mom, you still haven't answered about César and the March of Delano...qué no estuviste tú allí...? Escríbeme...Love to Marisa...

JESUCRISTO? HIPPIE COMUNISTA?
OF COURSE

(eres slow, rete imberbe, but de veras creo vislumbro que estás catching ON...todavía estás relejos, pero vienes llegando)

—Cómo están muchachos, qué hay...? saludo así a Memo y a los trabajadores...Puppet no anda con ellos, se me olvida preguntar dónde anda porque Medeiros viene y me empieza a contar de la carta de José María que le ha llegado de México..Memo me ha podido decir —Anda algo preocupa'o por Chema...aquí lo dejo para que empiece a componer el porche, al rato vengo por él...Vámonos, Carlos...

—Señora, como usted me ha preguntado...Viera que mi hijo anda en algo que creo que...tal vez no deba...Me cuenta en la carta que no saben cuántos fueron, esa noche en Tlatelolco...no se sabe...no se sabe... pero algunos están ya escribiendo cosas, cosas que nadie publicará, porque no se vio ni por la televisión ni en los periódicos ni en la radio nadie nadie dijo nada...

WHERE DID ALL THE PEOPLE GO MOMMY

Lo que se dijo oficialmente, ni se aproxima a la verdad, dice Chema en su carta, y el compañero de él ha estado trabajando, haciendo listas de los desaparecidos o creídos muertos...Pensándolo bien...

GOSH THE PLACE LOOKS SO EMPTY
NO LO VITES EN LOS NEWS? NO LO VITES NO LO VITES?

Pones la televisión, allí está Joan Baez, toda moderna con pelo corto. —Tell us what you have been doing since the '60's, Miss Baez...

SINCE THE SIXTIES   SINCE THE SIXTIES   SINCE THE SIXTIES

—I've changed a lot, I think...Ahora me importa mucho el hecho de ser madre de un hijo...Acabo de venir de Latinoamérica, he visto cosas que...tengo ahora que decirles que en ciertos países, no quiero decir que todos pero quién sabe, a lo mejor- ...bueno, en ciertos países en donde estuve, no me dejaron quedarme el tiempo que me correspondía...Por qué? Oh, eso sí lo sé...cómo no...En donde estuve, traté de ponerme en contacto, para hacer gestos públicos, y privados, de apoyo a algunos grupos de...de madres de hijos...que han desparecido...Cómo que desaparecido?...Bueno, eso es lo que se está empezando a preguntar la gente...Cómo...? Y cómo es que la gente **tiene miedo** de hacer preguntas, de hacer más de lo que se ha hecho por estos grupos de madres, por ejemplo...Preguntar, actuar, no es lo mismo, pero es el comienzo, no cree usted, bueno en el caso de las Madres de Mayo, un grupo de la Argentina, ahora tienen el apoyo de mucha, pero mucha gente, a veces llegan a unos 2,000 los que marchan por las plazas...No, no tantos como los que se cree estuvieron en lo de México...pero **los desaparecidos** ...ese número, **sólo ha llegado a un mero 30,000 de ciudadanos**

argentinos...Pero hablando de lo de Tlatelolco y las estadísticas-
...por allí empieza, comprenda usted, Mr. Donahue, por allí
empieza...Sólo es necesario que todo el mundo mantenga silencio...y como ya hace tiempo que yo no me callo...Pues, fuera de
mi país, Joan Baez, tú eres **troublemaker**...Sí, sí, yo también
marché con Chávez, cómo no, puesto que yo ya era una convencida...

KENNEDY BAEZ MUST BE COMMUNIST

En 1967, ese verano en tu clase con el profe no tan chochito de
España, y después, muy poco después de recibir una carta de
María tu niñita, tú lees unas líneas de poesía indígena que se te
clavan, se te clavan porque te acuerdan de algunas preguntas
que te ha hecho María, tu hijita allá lejos...**Todos son idos**...To-
dos son idos...Todos son idos...

A DONDE SE HA IDO TODA LA GENTE MAMITA

Entras a una oficina de médicos, llevando a tu hijita Marisa...No, Marisa no tiene nada grave, solamente tu cambio de
vida, tus paranoias, tus imaginaciones, tus desvaríos, eso es lo
que realmente tiene Marisa, como lo tuvo María, pero back to
the point: en la sala de espera (oye, tú te has pasado la vida
esperando, no crees, mensidumbre?)...en la salita de espera,
levantas una revista vieja (churida? ja ja ja) para ojearla, sí es una
revista bastante usada, crees que es LOOK o LIFE o algo
pictográfico panográfico con poco guión sabes tú porque tú tú
no no no quieres pensar cosas serias cosas serias como la última
carta, la única carta siempre, de María...Abres la revista, esperando a Vittorio, no, no no es esperando al médico eso es, abres
las páginas a donde caigan...y te cagas porque ves...retratos de
madres en desfile, brazo a brazo con un escritor premiado por el
Premio Nobel nadamás y nadamenos que madres reclamando
pidiendo respuestas PREGUNTANDO dónde están nuestros
hijos? Qué han hecho con nuestros hijos (inclusive hijas desaparecidos...Rápido, das vuelta a las páginas, tú no quieres no
quieres no quieres...**lápidas**...N.N....Ningún Nombre...N. N. N.
N. N. N. N. N. NONONONONONONONONONONONO
—No sé lo que le está pasando a mi país...Estamos en la oscuridad, todos estamos muy deprimidos por lo que está ocurrien-

do...dice algo así el laberíntico escritor reconocido, J.L.B......Sí, sí, es él, es él allí con su bastón de ciego y tristón y filósofo en la penumbra... (está vestido de negro? ja ja jaja)

THAT INDIAN PLACE LOOKS SO EMPTY MOMMY

Algo, algo huelo mal en Southwest City y tú lo sabes y lo has sabido pero no haces nada porque tienes miedo...de ARGO ARGO ARGO

POR QUE CORRES QUE TE PASA   ESTUVISTE TU'

—Of course I marched with Chávez, dice Venus, tu amiga pelirroja, amiga desde los años de universidad en los '60, ahora Venus es abogada y trabaja con Chávez mismo...No mijita, qué va, ella nunca perdió el hilo...(y tú y tú y tú y tú y tú y tú y tú y tú y tú y tú)

OF COURSE

—Communist? Oh, crap...mierda, seguro...si yo nunca fui comunista! Oh, sí, claro, entre nosotros, como en cualquier grupo activista en estos años, cómo no, pero EL? Crap, puro crap...De dónde saca la genta estos labels, estos nombres? Solamente queremos ayudar al campesino, punto y se acabó...y al chicano, y si podemos, al pueblo entero...Pero **comunista**...soy mujer casada que tiene que vivir como soltera por el trabajo, y se acabó, te digo, se acabó...And what if I **were** communist...me ibas a querer tú menos? Qué importa más, la etiqueta, o lo que realmente yo hago...Tú contéstame, Pat, tú dime...

Y DIME AHORA QUE URGE   Y ASI

Cuando vengas a ver a María en California, continúa Venus, ven a verme, Pat, hace tantos años...Brrrriiiinggg...Oh, oh, tengo que colgar, ai va el teléfono...cogieron a unos huelguistas en Salinas y estamos preparando un pleito...Sí, la llamada es para mí...mira, llámame cuando llegues con tu familia en Fresno, y veremos cómo puedes venir a ver nuestras oficinas...Ya aquí podremos hablar de eso que me preguntaste de César...Que si es **vendido,** César, vendido...Ja, ja ja, that's a good one...Ah, qué la gente...Bueno, call me, okay? Love to Marisa and María...

Y TAL VEZ ASI   NOS SALVES

69

Notas de cuaderno, escuela de verano (sigues leyendo momentos antes del examen en la clase del profe exiliado y medio-chochito): "Perspectiva histórica del pueblo mexicano: No había lazos entre las tribus del Norte y las del país...eran guerreros siempre, varias tribus...se hablaban más de 80 lenguas...los españoles, también acostumbrados a la lucha. Lucharon contra los moros por seis siglos...La política ha sido la vida de México desde su independencia...La revolución se acabó en su fase violenta, pero sigue en revolución pacífica..." Tú no puedes concentrar bien, hace días que Elvira no ha sabido del padre Nacho, cree que se ha ido a Cuernavaca "a estudiar" por unos días...Estudiar qué? le preguntas a tu amiga, ella te contesta I don't think you really want to know, Pat, te dice, —de veras, mejor que ni te diga...—En la veranda, tomando aquella cerveza con el padre Nacho, les contó de los antepasados de los niños que se educaban en el Colegio antiguo de Tlatelolco...—Según la historia, los mechicas eran descendientes de los aztecas, y los ascendientes de éstos vienen de la región donde confluyen el Colorado y el Gila...lo que es ahora Maricopa County en Arizona...bueno, de tu tierra, Petra...de 'Snaketown' creo que así le llaman..." Elvira y yo nos reímos del padre Nacho y su pronunciación en inglés...había dicho algo como **snacktaun**...y le preguntamos de los Hohokam, la tribu desconocida...Así bajamos riendo y llenos de vida a la Plaza, aquella tarde...

BBBBRRRRIIIINNNNGGGG...
—Señora Petra, mire, aquí me envió esta lista, en este folleto, mi hijo Chema...Sabe, si es como ellos dicen, entonces lo que hace ahora...pues, creo que lo tienen que hacer...Fíjese que la lista es apenas parcial...no saben, como le dije antes, cuántos han sido, no saben todavía...
Tú tomas la lista, pero tú ahora no quieres no quieres no quieres no quieres recordar

BBBBBRRRRRIIIIINNNNNGGGGG.....

De sobresalto, despiertas al oír el timbre de la puerta...La última carta de María se cae de la mesita, donde la has dejado abierta poco antes de dormirte, esperando a Vittorio...Te levantas, recordando la lista del hijo de Medeiros y la carta de María a la vez, confundiéndose los dos papeles, debido a quién sabe cuáles analogías o semejanzas o comparaciones que has hecho en el sueño y en el recuerdo...—Querida mamá: No te asustes, estoy bien...Viajando por Munich con el grupo de la universidad, en julio conocí a un chileno exiliado...**entre los desaparecidos cuyo nombre sabemos figuran los siguientes** estaba en un trío de muchachos cantando en una esquina, nos dimos cuenta que cantaban en español **Sergio Beltrán, Tomás Figueroa, Anastacio Esquivel-M.** fui y los saludé, les dio tanto gusto que les hablara yo en español soy chicana les dije **Clara Belia Pimentel, P. Ignacio Flores**...se llama Antoñio San Miguel...**P. Ignacio Flores** mamá yo lo quiero, es comunista es hombre y yo mujer, lo quiero, y se acabó...Y SE ACABO TOTAL SUMA FINAL Y SE ACABO...tú abres la puerta, y allí está Marisa en brazos de Vittorio, la unica mujer que tú puedes ver en brazos de Vittorio...

TODOS SON IDOS

La lista del hijo de Medeiros era parcial...suma a unos doscientos nombres por lo menos, entre ellos el nombre que tú no quieres no quieres

VIVIL O ????

—Vittorio, te necesito esta noche...No te quedas con nosotras, conmigo un rato...un ratito nomás...? Vittorio te dice que no tiene tiempo, que eres incurablemente romántica, y te quedas con Marisa en los brazos, tratando de no recordar...ARGO- ...Cierras pronto la puerta, porque esta noche tú no quieres ya de ilusiones, de ojos hermosos, ni de estrellas que te recuerdan te hacen a pesar de ti recordar OJOS JOVENES BRILLANTES ESPERANZA

71

10. LA VERDAD ES QUE

La mañana siguiente, te despiertan unas manitas morenas...
—Mommy...?Mamita...! Marisa está sentada sobre ti, te está
haciendo cosquillitas—...ticoticoticotico...Mommy, why aren't
you laughing...? Tú no te ríes, recoges a Marisa en los brazos,
levantándose las dos ahora, y le murmuras al oído...—Todos
son idos, mijita, idos todos...

En el trabajo más tarde, tú trabajas como distraída...Cuando
entra Memo solo para recoger los recados del día, te das cuenta
de repente que hace algunos momentos, tu amigo te ha estado
hablando...
—...Pat! Qué te pasa...? Petra...!
—...Qué...? Oh...Memo...Todo esto pasó entre nosotros,
Memo...Todo esto lo vimos...idos...Puppet, Félix, Nacho,
todos...un hilo de...charcos de...siglos y siglos, Memo...

—...Pat, me dice Memo, tomándome de los brazos, —Petra,
escucha: I know...pero escucha, mija, tengo qu'ijirte algo...Me
estás escuchando? Pos mira, ya les hemos sacado a la chota la
verdad...no lo vas a creyer...Sí, sí, de la muerte de Puppet, de
cómo jue...Pat...! Pat!...Qué te pasa, Pat? Carlos, Medeiros...!
Vengan a ayudarme, se ha desmayado la Pat...!
LA VERDAD
—...Mira, Pat, vale más que te vayas a la casa a descansar...No,
no vayas al funeral por la tarde...No, no, I don't think you can
make it today, mija, escúchame...después paso a verte, y si te
sientes mejor, entonces te platico...Si quieres, te llevamos ahora
nojotros a la casa...? Bueno, vete y nos vemos después...

La verdad es que, camino a casa tú sigues con los pensamientos
confusos, agitados...Hoy entierran a Puppet OJOS HERMO-

73

SOS BRILLANTES tu hija María quiere a un comunista-
Europa no está tan lejos, mamá, te escribiré tenemos muchas
esperanzas es exiliado porque TODOS SON IDOS TODOS
SON IDOS al pozo con el batito —Where have all the people
gone Mommy? OJOS OJOS qué te piden qué te preguntan
—Somebody has to do something, Pat, somebody has to do
it...—Oh Memo, yo no sé nada...TODOS TODOS vienes
bajando de los cerros el camino se hace hace largo quién es quién
es te vienen siguiendo vienen vienen por la noche por el día but I
believe in the police fueron dos chotas but the immigration has a
job to do LA MIGRA LA MIGRA AI VIENE AY AY AY ojos
llenos de confusión chisporroflequitasdeesperanzasepueden-
casar los curasnonononononoN.N.N.N.N.N.tristón y filósofo
así te has vuelto vienen ya vienen ya tú vienes aquí aquí aquí está
correcorrecorre corre qué le habrá pasado al hijo de Medieros
hace tiempo que no qué le pasará a tu hija hoy entierran a
Puppet ayer ayer ayer apenas fue ayer Félix apenas eran niños
apenas tú imaginas voces jóvenes llenando voces jóvenes llenos
de vida llenando este lugar desierto no saben cuántos nadie dice
nada fuera de mi país Joan Baez dónde están mis hijos la política
la política lo que tú creías lo que tú creías la verdad la verdad qué
es qué es dónde dónde quién te dirá quién dónde correcorre ya
vienes llegando ya vienes pero ai ai viene ai viene correcorre
abrepuesabreabrelapuertahasidolargolargoelcaminolargolargo
argoargoargo llegas a la puerta sacas las llaves la llave argo argo
largo largo ai stá ai stá un muchacho sentado esperando ai stá
esperando a alguien argo en la piscina ai stá stá vestido de negro
argo tú no quieres no quieres ver más claro mejor todavía no
NONDUM NONDUM eso es trabajar trabajar escribir qué qué
pues qué vas a escribir entras te falta el aire entras cierras la
puerta para no no nonnnnnN.N.N. te echas al sofá el sofá
cuántas cosas no sabe esta salita esta salita de espera qué esperas
nononononono no has podido dormir en muchos días el velorio
polkadots velas un cerco bonito de velas ah qué Puppet más
tapaderas como tú cuando eras niña no tenías este miedo este
ARGO hacías decías actuabas para quién para qué actuabas
quién eras quién eres tu nombre tu nombre dónde está por qué
no has hecho nada ya el periódico no quiere no puede la chota no
quiere no puede entonces entonces déjenme en paz la tranqui-

74

lidad el silencio nononono ya no te pasa algo ARGO por qué por qué no has dormido en muchos días

Memo está sentado en el sillón de terciopelo verde, tú como siempre lo escuchas sentada en el sofá de vivos colores, de flores grandes de vivos colores. Hace rato que te ha estado diciendo lo de Félix, de cómo lo habían encontrado él y la Nancy, en la sala de su casa, aquella noche...—Habían unos sonidos...algo chistoso, raro como...como que alguien si estaba ahogando ahí adentro...

BBRRRRIIIIIIIIIINNNG.....BBRRRIIIIINNNNGGGGG...

—Pat!...Pat!...Abre la puerta, Pat...estás bien?...Pat! Oigo la voz y los golpes a la ventana de Memo, me doy cuenta que me he quedado dormida en el sillón en la sala, exhausta...cuánto rato ya?...había soñado con OJOS OJOS con María con Marisa Vittorio LA MIGRAAAA con APENAS ERAN NIÑOS con Memo con algo algo ARGO extraño no podía recordar bien qué fue qué...traiciones, algo de traiciones...ARGO HUELE qué fue qué

Samuel Longoray sonríe grande a su amiguito-discípulo y le dice en una voz dulzona, —No se escame, Félix, soy su amigo...! Nomás le quería invitar a una fiesta, es todo...We been getting some good stuff, ése, too bad que ya no le quieres jalar igual- ...pos son tus negocios, it's cool, man...Suave...vámonos nomás por un ride...We'll just stop by my pad for somethin' que dejé...No, naw...don't look like that, I ain't gonna hurt you or nothin'...es una caja de feriecita que se me olvidó entregar someplace, ai la dejé en el cantón...No te asustes, Félix...A grudge?...Who, me, carry a grudge just cause you...It's cool, look, I'll even let you have a drag of some of this good, I mean **good** Venezuelan **mota**...Tá mejor que aquel Colombian mix we had in this summer, I mean, this stuff makes you feel soo goood, you'd wanna fuck Cerote, here, ain't that right, Cerote, it makes you **fly,** man, te pones a volar tan alto que no te gana nadie de **macho,** I mean I bet that virgen ruca of yours would even let you fuck'er...Cálmate, cálmate, I was just jivin'...I mean, how should I know if you...I mean if she does or she doesn't...Hey look, there's la gringa Beatrice...—Hey Beatrix, wanna come to a

75

party...? Ja, ja, seguro que viene la cabrona, cuándo dice que no...Sí, I know she's been everybody's meat...Oye, Félix, cómo te 'stás poniendo goody-goody...**maricón**...no, I said muy matón, ése, you oughta know...I mean, you been my main man since you was a mocoso, ése, remember? Come on, Félix, just a little drag, see...? That's right, deep, deep, that's it...I mean, oh here's the cantón, Cerote, go ahead and pull in the drive, back there by the hedge, in the sombra, there...Come in and see, compadre...You feelin' **good**, huh...? See, I told you, Cerote, Félix is my main man...I mean, he's **raza**...Come on in here and sit down on the sofá, compadre, nomás voy a buscar algo acá in the back of the house...Cerote, give Félix a **copita** to go with that goood **motita**...You ain't gonna get that stuff where you been sleepin' these days, bato...See, Cerote, I tol' you mi compadre Félix wasn't no **Malinchi**...Si no traigo nada con mi compa- ...Just to prove it, I wanna share this stash of...Hey Cerote, wouldn't he **really love** that coke we been sellin'...No, listen, I know you been trying to get off the mainlining, I mean if you was like a **customer** desde cuándo...Come on, compa, **mi casa es su casa**...Hey, ai llegó la Beatrix...—Come on in, Puta...ja, ja...! Es una fiesta pa' mi compa Félix, that's right...just like ol' times...Cerote, we need some **discos**...no I don't want no maria- chis, I heard enough of that in Mass this mornin'...Boy, that was really inspirin', compa, you shoulda **been** there...Oh, sorry, that's right...Well let's put on some **mood** music..."I wanna **fly** like an eagle..." Thaaat's riiight...Hey, compa, let's really **fly,** compa, I mean, Cerote can fix you a **real** high-flying kind of fix...Ah come on, compa, **no se raje**, ni que tuviera verijas... Aaaalll rrriiight! Ve, Cerote, my compa and me, we're like **brothers,** seguro, puros hermanos, and he's no Malinchi, I tol' you...Hey, Puta, ain't this some **fiesta**...Félix here he been my long-lost **compadre**, that's what...WHOOOOEEEEY!

QUERIA DECIRNOS ALGO PERO NO PODIA LOS OJOS

—En esos días, se levantaban como víboras por todas partes ...Había mucha gente que nos quería eschuchar, lo que decía- mos de por qué marchábamos, qué queríamos...Por qué...La raza, that was the worst...como víboras algunos de ellos a veces- ...Los rancheros, pues ya sabíamos que ellos, pues que **no**...pero

nuestra propia gente no quería escuchar, I mean, they wouldn't
even let us talk, a veces...   *infernal*

(ya ves? ja, ja, qué te dije te dije te dije ja ja)

—Eran como las dos, tres, de la mañana,—te está diciendo
Memo sentado allí en tu sala, y la Nancy había oído que habían
entrado gentes dentro de la casa hace rato...I got scared, Pat, I
don't know what made me **know** what had happened...lo que le
habían hecho aquellos...**víboras**...Y eran raza, te imaginas, pura
raza...vendida...

(la garrita, la garrita, ai viene la garrita,ji ji ji ja ja)   *la raza vendida*

—Business been so good, compa, too bad you didn't want no
more to do with it...Tan suave, ha estado que...Cerote, bring out
that little surprise we got saved up for **mai** friend...No, I was just
saying that we been doin' so **good,** why I think I'm gonna take
the little woman, yeah my wife, not you Puta, and maybe the
kids too, guess where?...Over the ocean blue...to Hawaii, ése,
how's that for **making it**...? Who says the raza can't be success-
ful? Seguro, I got me a real big piece of the pie, ése...That's it,
Cerote, easy does it, he ain't gonna feel a fuckin' thing...How
about an abrazo, compa...Yeah...!

Y A LO ULTIMO A LO ULTIMO Y LOS OJOS ESPANTA-
DOS AAAGH AAAAGH

—Eran como las dos, tres de la mañana y yo sabía que...some-
thing was wrong, había unos sonidos extraños que vinían de la
sala...Unos ronquidos desesperados, asina...

Memo corre desesperado a la sala hacia
los ronquidos, hacia el bulto en el rincón
del cuarto, hacia lo que había sido su
hermano, que ahora era un bulto sudoroso,
lacios brazos y piernas como como muñeco de
trapo un bulto con cara de su hermano pero
sin su hermano ya un bulto de ronquidos llama
la ambulancia Nancy grita desesperado el hermano
del bulto, abrazando mientras abrazando a lo que
le han dejado de su mientras sollozando entonces
aullando NNNOOOOOOOOOOOOOOOOOOOOO

SABEN SUS NOMBRES PERO NO LOS NOMBRAN NO VITES YA? NO LO VITES EN LOS NEWS?

—...se levantaban como víboras por todas partes...
(y todavía le sigues? No lo vites...?)

POR QUE CORRES QUE TE PASA CORRES CORRES

—Writers' paranoia, te dice el médico rubio y rete mangote, ojos cool-blue, calm and collected él, —writers' paranoia...it's really a very common mental ill...disturbance. If you like, I can recommend a good book, with definitions and all that...Eso es todo lo que te hace falta, te dices, que te digan que **de veras** estás loca, no que te **crees** loca, sino que por ai te va patinando por...(tus desvariacas, ja)

QUIEN TIENE LA CULPA QUIEN

La culpabilidad. Qué es, de dónde calcular que empieza, que tú no puedas distinguir ya entre amigo o enemigo, que hace que tú veas sientas pienses te vayas des des des in te gran doooo hacia adentro

—I'm sorry, Petra...I ah, I didn't get that word you just...it means what?...Oh. Mah-leen-cheeh...Say, wasn't that, she, someone from Aztec times...the woman that...She was Cortés' ...Nurse! Nurse, come quick, Petrah passed out! Sheesh, what did I say...?

LA VERDAD ES QUE

Tú lees en alguna parte, un noticiero chicano crees, que hay un alto promedio de chicanos en los hospitales mentales, para no decir que otros tantos están rete alzaditos en los asilos permanentes...pura gente descombobulada...

LA VERDAD

—La horrible verdad es que somos una raza en crisis, te escribe el amigo redactor del noticiero, y no sólo es por lo de **la identidad,** ese tema tan de moda en estos días...Algo huele, I've just heard this all too many times before, Pat...algo huele mal y no solamente es en Southwest City...
(algo huele y tú lo sabes y lo has sabido pero tú nunca has...

78

BBBRRRIIINNNGGG...BBBRRRIIINNNGGG...BBBRR...

El teléfono sutilmente ha cobrado vida propia, le has explicado
al medico. A veces, tú sabes, que ALGUIEN más está escu- *paranoia*
chando tus conversaciones, que SABEN lo que tú estás pensando y **entonces** HACEN que suene el timbre el teléfono la
puerta para estorbarte el hilo para estorbarte simplemente para

BBRRRIIIINNNNNGGG...BBBRRRIIINN...

—Aló, Petrina! Me llamaste? Que si te llevo al siquiatra por la
tarde...bueno, iba a salir a...con...Por qué, qué te pasa ahora..?
cómo que te están siguiendo...Quién?...Pero no entiendo por
qué te van a querer hacer algo a ti, para qué...Bueno, all right, I'll
come over, but you must **want** something to happen to you, I
mean, you're not **that** important, I mean, what did you do
that...? Pat? Pat...? Ya, ya, pues, stop snivelling, I'll come over,
but can't you do something about all this emotional mess? Sí, sí,
ahora vengo...

(vienen ya vienen ya tú vienes llegando pero es tarde no sabes si
muy tarde o demasiado tarde ya vienes qué le habrá pasado a)

Memo entra a la sala, me toma del brazo, me lleva a la recámara,
hace que me acueste. —Pat, te iba a contar lo del funeral, pero
mejor paso por aquí mañana antes del lonche...como a las once,
vas a estar? Okay...Ah, quieres que te traiga a Marisa de la
babysitter?...Oh, Vittorio va a...Tá güeno...Quieres que te llame
antes? Güeno, intonces nos vemos temprano...Bye, mija...Antes
de salir, cierra las venetians y me quedo en el cuarto semioscuro
viendo que por algunos agujeritos a la orilla de la persiana, van
filtrándose algunos rayitos de luz...como polkadots de luz bailando como oh nononono tú no quieres no quieres

Cuando llegue Vittorio a su apartamento, tu castillo digo,
cuando entre como un rayito de luna tú correrás a sus brazos en
tu más diáfano con tu pelo henna y él Vittorio muy masculino y
sonriente iluminando tu senda y tu niña perfecta correrá a sus
brazos toda perlitas como un rayito claro de luna LA ORQUES-
TRA TOCA a todo dar

BRRRRIIIINNNNGG....

*La descomposición
mental de
Petra*

79

Vittorio te ha llevado al **shrink**; éste te está diciendo...

—You know, Petruh, that's a little far-fetched, don't you think, that **someone** is following you...What? They're dressed as City laborers...as construction workers...they're Mexicans...? I thought last week it was the police...Oh, it's the United Parcel men...I see, you think they're out to get you...Unjum...Tell me, just how far back can you remember some kind of fear...related fear, I mean...Ajá...LAAAA MIIIGRRRAAAAA...But the immigration has a job to do...(y todavía le)...Oh! Oh, Oh...! I do think we have something here...You say you were afraid of your father? That **he** said you were a...? When was that? Ahah! Ah hah...back to that name...You felt you might have **sold out** at some point, is that what you feel...? (y todavia le le) And what about your mother, what did she...? Ah! And how do you feel about **that**? Ahah! EL DIVORCIO was an aberration to your tribe if your hand offends you ah qué cabroncito mi shrink cuando ya le iba tomando cogiendo vuelo dándole al trompo se le ocurre otro And how do you Feel About **That**? (Crap, cuando tú tan suave que te estabas entusiasmando confesando **virtiéndote** toda en catársis consagrado And How Do You Feel About...?)

BBRRRRIIIIINNNNNNGGGGG....BBRRRRIIIIIINNNG....

—...Memo? No, I'm not going to the shrink this afternoon... yeah, it's okay if you come back later on today, Okay, si no puedes ahora, está bien...Te veo más tarde...Qué...Oh, porque ...porque...Pos, porque me fijé que el doctor tan mangote y tan azul-bonitos los ojitos, pos, fíjate que me fijé un día que traiba pantalones de vaqueta...sí, de veras, muy **shiny**...I think that's when I decided that...Ja, ja, ja, yeah, qué romántica soy, ver-dá...Okay, viejo, ya te veo...Bye...

BBRRRRIIINNNGGG....BRRIIIINNGGGG...

—...Mom?...Habla Petra...Ajá, te llamé pero me dijo la Patsy que andabas en casa de la Belita...ah, qué mamá, cuándo le vas a parar...Siempre babysitting o limpiando casa...Listen, talking about babysitting...Puedes venir a quedarte con nosotras unos días...? Bueno...no, no te asustes...pero sí, pues, ando un poco mala, no te había querido decir nada antes para no...Pero I need you, mamá te necesito, puedes venir...? Te mandamos el boleto...? Tiene que ser de camión esta vez, porque ahorita yo no puedo...Ah, qué suave...okay, me avisas del vuelo y la llegada y estaremos esperando ...Mamita, cómo te quiero ver...I've been so sick, no he sabido qué...

(ja ja ja ja **I bet** que no has sabido quéjajajaja **y todavía le**)

BBRRRRIIIINNNNGGGG....

Corres a la puerta pero antes miras por la ventana para asegurarte de quién es. Memo entra, trae a Marisa de la mano, te dice que —Pensé que así no tendrías que salir hoy, Pat...Nomás me puedo quedar un ratito porque queremos pasar por el hospital para ver si puede hablar todavía el tío del Puppet...No, 'stá muy grave todavía y como ha sido el único testigo...Pos quién sabe qué fue lo que vio, qué les jicieron aquella noche...Quién sabe...Algunos amigos-chotas de nojotros, tampoco no han tenido suerte en averiguar la cosa bien...Mira...no, no te pongas asina, mejor descansa y después, cuando te sientas juerte, te platico...Some of us...we been getting crank calls, que no le escarbemos más a la cosa del batito, así que mejor descansa y LA VERDAD te la cuento más tarde...Qué?...Oh! Oh, sí, el funeral...pues, Pat, eso sí que...pos, no lo vas a creyer...Ah, qué Puppet, ji ji...!

QUE HACES PARA NO AMARGARTE QUE LA VERDAD

—Pa'ijirte la verdá, Pat, jue algo que no habíanos esperado, naide pos lo había pensado, así que cuando pasó...Man, I can't help it, it was...Memo empieza a reir bajo, entonces más fuerte choking por fin —Te tengo que explicar que ya había empezado el servicio, cuando todos pos están muy serios ya...Estaba ai el padrecito diciendo sus cosas, y nojotros pos todos tristes y choking up...Naide quiría ser el primero en llorar, pero tú sabes, qué se pudía jacer, ya pa'ntonces, habíanos algunos empezado el chorro, I mean, we couldn't help it, con toda la familia del Puppet allí y viendo al chamaco puro retrato del hermano que 'stábanos interrando, pos...we couldn't help it, sabes?...It was quiet, real quiet except for the padrecito talking to us...Cuando...ji, ji, ji, oh Pat si lo hubieras vido...ji ji...

El cementerio Southwest City Memorial, Westlawn, queda, pues al West/oeste de la ciudad. Los entierros de la raza se hacen en un rincón remoto, lejos de los prados verdes siempre watered y los caminos son polvorosos...los que pueden, tienen sus plots en el pasto fértil, y los que no, pos por ai los entierran, uno encima de otro a veces, como en el caso del amiguito que ahora está elogiando el cura en tonos sonoros que flotan sobre el grupo vestido en colores oscuros...La madrastra hipea y solloza encandalosamente- ...cuando se oye un carro que viene por el camino de grava y polvo hacia el sitio...El coche rechinadamente para a unos metros, pero nadie del grupo voltea...excepto Carlos...quien da vuelta casi ahogándose estornudándose sofocándose

TODOS SON IDOS ESO ES

—Llegaron las tres juntas al funeral, Pat! Sí, sí, las tres **fiancées**- ...aquí Memo empieza otra vez a reir y ahogarse a la vez, estornuda, se seca los ojos, la cara, ríe llora continúa —...las tres chavalas, juntitas...Sí, del carro ése que llegó tarde, salió una, primero: la del rosario, pensé o qué suave aquí llegó la fiancée, intonces salió la del janillito y aquí pensé o no ai viene el picture show entero cuando simón ai salió la INEREST...! Las tres llegaron juntas, y caminaron juntitas juntitas, y jueron a tocar el casket y d'ai se abrazaron las tres muy cariñosas...! I mean, it was sad, really sad...pero de veras que nojotros apenas aguantamos más, sólo pensando en las ocurrencias del batito...tres comprometidas y nunca dijo na'...! ji ji ji ah qué Puppet cómo de a tiro pudía ser más...ji ji...qué te parece...? ji ji Ay, vale más que vaya saliendo ya, me están esperando en Santa Cruz...Oh, te dije que lo tienen bajo police-guard al tío del Puppet...?

LA VERDAD ES QUE TE HAS IDO

Tú todavía no puedes no quieres no sabes lo que es LA VERDAD pero te parece muy funny rete chistoso oloroso todo eso y te parece really divertido tres fiancées juntitas las tres llorando por el batito te parece que ésa también es verdad que ellas las tres

82

no se amargaron para siempre un secreto de tu gente de la gente de mucha gente de muchos colores pero en este momente el amor se sobreimpone al rencor al resentimiento los malos recuerdos al dolor la verdad es que pudías ser más tapaderas y no te hemos olvidado batito ni tu triste fin LA VERDAD ES me parece que la verdad fue y y hay que preguntar por AI AY ARGO GUENO

11. DISCURSO DE LA MALINCHE

Eres tú Malinche malinchi? Quién eres tú (quién soy YO malinchi?)/vendedor o comprador? vendido o comprado y a qué
precio? Qué es ser lo que tantos gritan dicen vendido-a malinchi-
e qué es qué son/somos qué? a qué precio sin haber estado allí
nombrar poner labels etiquetas qué quiénes han comprado vendido malinchismo qué otros -ismos inventados gritados con
odio reaccionando saltando como víboras como víboras SUS
OJOS como víboras qué quién qué

—Les voy a contar unos cuentitos, hijos míos, unos cuentitos
muy breves, entrecortados a veces parecerán lo serán tal vez
confusos pero es que hay que seguir este hilo este hilo de

A BUEN ENTENDEDOR POCAS PALABRAS (ja ja nomás
que empujes los botoncitos, verdá verdá y facilito ja ja ja jálele
nomás las cuerdas apropiadas y mira cómo baila cómo baila
como como marioneta como títere)

—Vinieron en número simbólico: eran **doce**, los conquistadores
ajem los misioneros digo, espirituales y tuvimos muchas crisis de
de identidad de de creencias de de —ismos porque eran nuestros
señores los que habíamos esperado tanto tiempo habían venido
para rescatarnos de una herencia sangrienta piramidal funesta y
queríamos creer en ARGO y algunos YO les ayudamos YO les
creímos porque era mejor no? era mejor no?

AND YOU BOUGHT IT LIKE I SAY AND YOU BOUGHT
IT LIKE I SAY OH TU ERES UN/UNA

—No se deje, ése, cablón Ca'los, hay que preguntal argo argo
güeno, pol qué no mi mila, siñola Pat, pol qué...?

85

OH WERE YOU THERE WHEN THEY CRUCIFIED MY...**Estuviste tú**...?

—Usando la terminología tan de moda y **tan útil** hoy día, les voy a contar de mis años formativos: a la edad de cinco, más o menos, dejé de ser la hija mayor predilecta de mi tribu, cuando **me vendieron** algunos parientes muy próximos, a unos compadres más lejanos, que **me compraron**...a qué precio? no sé, yo solamente recuerdo que me fui pataleando que quería a mi mamá que por qué me había abandonado mi papi sí sí yo gritando fuerte por qué y ellos amárrenla es algo adelantada algo volada se cree princesa se cree hija de su padre se cree mucho eso es no sabe su lugar es una amenaza a la tribu llévensela llévensela es una amenaza a nuestra causa eso es sólo aprendió a decir disparates a decir acusar con LOS OJOS y no querían pues troublemakers en su país.

YES YOU BOUGHT IT LIKE I SAY OH YOU BOUGHT IT

—El país, pues México, Aztlán...? Bueno, podría haber sido un poco más al norte o al sur, lo mismo da ahora, lo que les decía era **mi versión** eso es, mi versión como...como mujer, ajá, y que se establezca la famosa dialéctica con las otras versiones que ustedes ya rete bien conocen...Oh no se hagan ya los desentendí 'os, no se hagan ya...

Y A MAL ENTENDEDOR MUCHAS CON DIBUJOS CAUSE YOU BOUGHT IT LIKE

—...lo habíamos esperado mucho tiempo, yo eso recordé cuando lo vi, pero lo primero que sentí fue una atracción como pues como mujer y él hombre...Eso fue lo que primero sentí...había otros más hüeros que EL y otros que eran morenos y aún más como nosotros (por fuera, no?) pero por qué no quieren entender que lo hice casi todo por **el amor** y no por ningún rencor ni ambición...Traicionera...? Por el idioma, que yo les ayudé que yo **vendí a mi pueblo**...? Saben qué, ustedes saben mucho de -ismos y -acias pero les aconsejo, mis hijos, que busquen las respuestas **adentro** y más allá de las etiquetas implantadas y echadas al espacio en reacción odio violencia...Lo que pasa, que somos muy listos, muy listos, y aprendemos muy bien ciertas cosas que francamente siguen siendo **la misma** piramidal funesta jerarquía...

CAUSE YOU BOUGHT IT LIKE I SAY WELL THERE WAS
ANOTHER WAY

Otro Modo De Ser
Otro Modo Rosario Otro

—Y lo que YO Malinche malinchi les digo, es: SHOW ME.
Porque lo que he visto, no en todos los casos es cierto, que siguen
siendo, en nombre de todas las causas, **chingones** y **chingadas**-
...para variar...

LOS CORDONES DE LOS MITOS

—...o para variar...el chinga-doer y el/la chinga-dee...NO
VITES YA? (y todavía le)

HAZ GARRAS LOS CORDONES DE LOS

(y la garrita, malinchee, y la garrita por ai que viene te viene bus
bus)

BBRRRIIINNNGGGGG......BBRRRIIINNNGGGG.....

—...Aló, sí, soy yo, Malin...Pat, Petra...Oh, cómo andan
Loreto, cuánto tiempo que no...Ah, de veras...tienes razón, sólo
fue anteayer, ayer...sí, fue ayer el funeral pero yo no pude sí, eso
ha de ser, una crisis de...**nervios**...(es los que te hace falta ahora,
no crees ja ja Maleench' Mah-leehncheeh)...qué...perdona, qué
decías, Loreto? No, no he escrito **nada nuevo** (es todo **viejo** ja y
todavía le) pero lo sigo pensando, dándole vueltas como si así le
pueda ver mejor...Yo sé, yo sé, ando algo descombobulada-
...hasta me imagino que me siguen que me pasará algo, pues
como te dije la otra noche...Y tú, qué me cuentas...? Traiciona-
ra?...Oh, oh **la chota** traicionera...por lo menos esos dos chotas,
ajá...No me digas...! Pero...! Pero no puede ser así, si el Puppet
nunca...! No, es que por los nervios, no me ha podido contar
todo Memo...el otro día me lo iba a decir...bueno, la verdad de
cómo fue, lo de la muerte...Asesinos...Pues, qué van...se puede
hacer? Ay, Loreto, pero si he tratado de escribir más y traigo
demasiado, demasiado encima y me voy confundiendo y me
duelen los jotquequis...qué?...Sabes, la verdad, la neta, neta
verdad es que...

**CUANDO ERAS ERAN NIÑA NIÑOS ERAS ERAN MUY
VALIENTE VALIENTES Y AHORA Y AHORA QUE NO
HAY TIEMPO YA**

—...y como les decía ayer, hijas mías, lo **Cortés no quita lo
valiente**...

**A BUENA ENTENDEDORA POQUITITAS PERO
DESPUES DE SIGLOS DE CHARCOS DE ENTONCES A
LO MEJOR**

—...Hablemos a calzón quitado, clase...Bueno, eso quiere decir
que hemos de discutir el tema de hoy, abierta y de-buena-gana-
mente, así lo prefiero yo. Bueno, Estér, qué opinas tú del comen-
tario de Nestorcito...Sí, lo que dijo sobre **el mal efecto del
feminismo sobre el movimiento**... Qué crees tú, Estér...? El
feminismo es **bueno** o **malo**...etc...? Ah, no quieres decir...?
Tienes...**miedo**...? Qué dices, Nestorcito?

—...que **la familia** chicana/mexicana/latina tiene que mante-
nerse intacta, que las tradiciones son más importantes para el
bien, para el porvenir, Profesora. Yo creo, que fue lo que decían
anoche mi papá y mis abuelos, que esto de la liberación femeni-
na es pura cosa de mujeres burguesas, las que tienen tiempo
libre para escribir y dibujar y...descombubularse...como dijo mi
padre anoche...I'm sorry, but the **movimiento** needs its women
...pues que luchen por **la causa**...Estér, **por qué lloras**...qué te
pasa...?

POR QUE LLORAS QUE TE PASA

(ja ja, como te he dicho, no te metas, no te metas porque son
CHINGOS Y CHINGOS DE SANGRE y todavía le)

Sales de clase humming "Some day my prince will come..." and
you laugh and you laugh and you laugh **Cinder-Malinsheesh**
(What did **I say**...)

**QUIEN TIENE LA CULPA QUIEN WELL YOU BOUGHT
IT LIKE THAT WAY CAUSE THEY SOLD IT LIKE I SAY
QUIEN TIENE LA CULPA SIGLOS Y SIGLOS LE PAS-
ARA LES PASARA?**

88

Te sigue entrando miedo de no sabes qué de ALGUIEN que quiere que te calles que no preguntes que no desafíes que NOOOOOOOOOO y la insomnia con Puppet y otras señas del barrio de lo que tú no habías pensado nunca o mucho y que *funeral* ahora que no hay tiempo....(y se te fue entrando suporando la *poética* rabia y empiezas a escribir poesía a todas horas y le disparas a *para* todo ya) Un poema más largo, le pones "Lápida para Puppet", *Puppet* con una crucecita de 'chuco formada por las líneas que dibujas alrededor del poema, como como como...

   la cruz que trae el batito en la mano
   izquierda, va entre el pulgar y el índice
   qué es eso Puppet dices y el batito
   te mira LOS OJOS no sabe lo que jes,
   siñola Pat? no sabe? tú le dices
   que tu primo Boni en el Eastside de
   de dónde fue hace tanto tiempo en El
   Centro eso fue el primo Boni llevaba
   una crucecita y sus camaradas decía
   también y siempre andaban juntos y les
   gustaba la vida y no le tenían miedo a nada a
   NAIDE   *entre los*

—...Entre dos culturas, así se encontraban los **pachucos** en Los Angeles, Tucson, en El Paso...Entre dos sistemas, en estado conflictivo que resultó en...ELLOS, que eran ellos sólos, que querían ser algo no de allá ni de acá que a fin de cuentas los veían más o menos igual ELLOS SOLOS en los ojos de ellos había EN LOS OJOS DE ELLOS

      Otro Modo de Ser
      Otro Modo de No-Ser los Otros
      Sino ELLOS

(sí, sí, seguro, y qué fue lo que les pasó qué NO VITES YA? NO LO VITES EN LOS NEWS?)

—Doña Marina, de veras cree usted que la gente puede **cambiar**, que pueda haber algo **mejor**...la historia pues, no me asegura mucho de que...

—Sí, sí, mi hija, excepto lo de la muerte...Pues si uno ha muerto ya, pues es solamente en el recuerdo en la fantasía en las buenas-/malas versiones que...Eso es lo único, si tú has muerto ya, pues...

—...Pero cómo se sabe si uno ha muerto...? (jajajajaja síguele burrito) No es ya demasiado tarde para cuando uno se da cuenta de que...Answer me that one, Profe Malinchi...

DID YOU BUY IT LIKE I SAY OH DID YOU

—...ji, ji, es fácil, es fácil saberlo, mis hijas mis hijos es fácil: Si todavía **puedes abrir los ojos,** entonces, pues no los has par par padeado por última vez, si los puedes abrir todavía, enton- ces...Pues entoncés les digo que todavía le puedes patalear... algo...

BUENO AI ME LLAMA MI COMADRE LA LLORONA TODAVIA TENGO QUE ENSENARLE A ELLA QUE NO SE DEJE QUE ABRA LOS OJOS PORQUE AI ARGO GUENO

Los Hohokam eran una tribu de talento industriosa que eran LLENOS DE VIDA que TODOS SON IDOS desaparecidos hace mucho tiempo ya. (ji ji ji y todavía le síguele síguele)

—...Profe Tenepall uh I mean Leyva, I have a problem under-standing...See, I don't exactly know why you want us to keep looking for stuff on the Hohokam...I mean, what does that have to do with our class...Visión de los vencidos...? What is that- ...well, yeah, I know that's what we're seeing in all this other literature, but the Hohokam...pues, yo no entiendo la conec-ción...? Qué relación puede tener con nosotros...I thought you didn't believe in idealizing the past, Profe Malin...Petra...Por qué quiere que...?

ARGO HUELE MAL EN SOUTHWEST CITY Y TU LO SABES Y LO HAS SABIDO Y NUNCA HAS

—...Y no te pude dijir el otro día, Pat, pero fíjate que que la gente se iba subiendo a los carros o ya yéndose del cementerio, y se le ocurrió a la madrastra ésa que tinía que quedar bien, salvarse todavía ante el público, dijir algo...Pues te conté que había hecho sus papelitos en el velorio y tamién durante el servicio allá

90

al lado del casket en el entierro, lo de los sobs grandes y el hipeo, verdá...? Güeno, you won't believe it, you just won't...No lo vas a creyer, de veras...A que no sabes lo que gritó la vieja...? Se vino hacia nojotros...ajá, hacia la Nancy, Carlos, Medeiros y yo...y con lagrimotas y babas, gritó que... que...que **Puppet had never given them a chance!** Te imaginas...? Después de todo...! A veces, Pat, te digo que yo siento como que...como que voy a soltar gritando, dando catos y patadas por todas partes...Y sabes qué...? me va entrado una rabia, una rabia que no sé dónde ni cómo, pero algún día, algún día...Pat, somebody's gotta **do something**...

Tu amigo se despide por teléfono, te dice que todo esto ya lo revienta y que todavía está el tío del batito bajo police guard. Nadie le ha podido hablar, para confirmar o refutar o saber si la versión de la chota, la versión que Memo no cree por nada en absoluto...

—...Petra? Habla Loreto...Que el tío de Puppet qué...? No, no nos han dejado verlo tampoco, a nosotros del Comité...Mira, te estoy llamando para decirte algo antes de que te...pero lo que te voy a decir, por favor tómalo como manera de advertencia solamente, y no dejes de seguir con...Es que nos está pasando algo por acá...Sí, sí, a mí, a Laurita Bell y a los otros del Comité, y decidimos que debíamos decírtelo por si acaso a ti también te lo empiezan a...Pues mira: estamos recibiendo llamadas, amenazas...Pues que no le sigamos con la investigación del Puppet. No, no, no te asustes así, por eso te queríamos nosotros mismos decirte que...que no estás sola, Petra, tienes a tu pueblo...Amárrate los pantalones, o las faldas o lo que sea, pero no dejes de...Estamos contigo, nosotros tampoco no vamos a dejarlos en paz ahora aunque nos hagan cien mil babosadas...Es que uno ya no puede, Petra...tú ya no puedes nomás...Mira, si se pone muy peligrosa la cosa, yo sé de alguna gente **fuera del país** que sí te publicaría todo eso del chamaco...Bueno, tendrán sus propios propósitos, pero el pueblo tiene que darse cuenta, saber todas estas cosas...Sí, sí, serán comunistas, lo que sean, muchachona, pero...Oh qué tú no quieres tener remedio, o qué...? Bueno, pues **libérate** chamacona...Tú piénsalo...Estaré esperando tu llamada...Adiós y abrazitos a Marisa...

POR QUE CORRES OJOS DE VIBORA QUE TE PASA

—...Mijita, qué te pasa...? Te pregunta tu madre en el aeropuerto, abrazándose las dos y tú chille que chille que no sabes todavía lo que te está pasando.

(yo sí yo sí ja ja ja ja jijiji)

Marisa se ha dormido en el asiento y así tú tienes la oportunidad de contarle a tu madre Lorenza lo que te ha ocupado tantas noches de insomnia ya...lo del Puppet, lo de los relatos que has ido coleccionando, lo de los poemas-balazos, lo de muertes, vida, esperanza, la última carta de María, qué le habrá pasado a...

(por ai viene bus bus bus buscándote la ga ga ga lagañosa llorona)

TENGO QUE DECIRLE QUE ABRA LOS OJOS MI COMADRE PORQUE ASI SIEMPRE CHORONA PLORONA TRAERA SIEMPRE PEGAJADOS LOS OJAZOS ESOS Y YA NO HAY TIEMPO PUES YA NO HAY PARA CHILLONAS NI CHILLETES AHORA HAY QUE BUSCAL ARGO GUENO Y ENTONCES HAY QUE

—...Y entonces, mija, tienes que descansar un poco...Te encuentro muy pálida, tensa, confundida...Yo sé, todo eso que me venías contando, pues mija yo entiendo pero mija, no crees que es demasiado para que tú, tú sola hagas...Mijita, vente a dormir un rato...Si quieres, te cuento de las cosas que hacías cuando eras niña...Ves, Marisa quiere oír los cuentos de ti y de tus hermanitos otra vez...Vente a acostar, mija, yo hago la cena, vente ya...

VENTE YA MANITA PORQUE TENGO MIEDO DIJO EL PLONQUITO HACIENDOSEME UN NUDO LA DESESPERACION

—...Cuando tu mamita era niña, era muy valiente, empieza a contarle tu madre a Marisa en la sala...Tú te empiezas a sentir algo mareada, viendo polkadots de luz viendo que tu hermanita la Beli viene y se hinca a tu lado que

el Padre Jean Bincennes quería mucho al pueblito

92

habían juntado dinero construirían una iglesia dedicada a tu abuela Petra a tus abuelos de de Sonora y mientras ustedes todos ustedes se iban a rezar en una tienda vieja vacía al lado de al lado de del Club 99 y cada domingo se llenaba la tienda OH YOU BOUGHT IT LIKE I SAY OH YOU te hincabas cada domingo entre el Plonquito y tu madre pero tu padre no porque él trabajaba al lado en el Club 99 pero ustedes esperando esperando la hostia el sentirse santificados de nuevo habiéndose vertido confesado antes porque era mejor no? era mejor no? hay polkadots de luz filtrándose por el techo de lata, hace calor te sientes mareada hay que prepararse para recibir al Señor el de todos digo y de repente de repente una niñita se mete se mete una niñita valiente valiente como muy pocas se mete y ahora es esposa yyy

Mezcla de conciencias

TOME EJEMPLO COMADRE LLORONA CHORONA TOME EJEMPLO DE LA BELITA ABRA LOS OJOS NOMAS PORQUE YA NO HAY

—...y aquella hermanita de tu mamá, sigue Lorenza tu madre, era rete valiente, llevaba botitas de cowboy, t-shirt y levis...la acompañaban siempre, unos perritos wienie, el Chapo, la Chapa y los Chapitos...

...Y una vez, una vez le quiso sacar una muela al Chapo, con pinzas grandes de mecánico...Y durante la Santa Misa...jajajaja...ah qué niños ocurrentes estos...QUE TODAVIA NO SABEN LO QUE ES SER AMERICAN-BORN DICE EL TIO JUANITO Y EN LOS OJOS DE TU MADRE HAY...Tu tía la Beli sabes lo que hizo esa vez, en plena misa santa...?

estaban ustedes hincados esperando sumisos respetuosos esperando al Señor y se mete una hermanita valiente como las que no hay ya y espera ojos cerrados lengüita pa'fuera esperando al Señor la hostia porque era una niña consentida y le gustaba la hostia el sabor de la hostia que le regalaba su amigo el cura cuando iba de visita con su papá a casa del cura digo cuando iba pues le regalaban y así así le gustó y ella se decidió esperando sí durante la Santa Misa para ser exacta al Father Jean Bincennes le dijo —**Cabrón! Le diré a mi 'apá que no me quisiste dar cookie blanca**...! Y ahora y ahora es madre esposa

Y SE PORTA BIEN

(ja ja ja verás verás síguele porque ai viene rete)

QUE NO VITES EN LOS NEWS

—...Tu hermana Beli, te dice tu madre, tiene problemas con el marido...no, no por lo que tú piensas, pero por ai va, verás que te cuente lo que le está pasando...Y pensar que mijita no se dejaba de NAIDE cuando era niña...! No lo vas a creer, Petra, lo que le está pasando ahora...Oh! Ella ya te llamó el otro día para...! Oh!...tú ya sabes algo...Mija, no todos los ministros son así, es lo que quiero que tú comprendas...No todos son corruptos como ése gringo pastor, no culpes a mi iglesia, mija, no todos son así... Es que ya estamos en los últimos días y es que hay víboras por todas partes y no quiero que tú pienses...

AND WE DON'T WANT YOU TO THINK THAT AND WE SIMPLY DON'T WANT YOU TO

BBRRRRRRIIIINNNGGG....Tú coges el teléfono inmediatamente, es tu hermana la Beli, quien está llorando y te dice que el ministro le está destrozando el matrimonio que ella cree en Dios que él dice que no porque ella no está de acuerdo con ciertas cosas porque ella pregunta porque ella empezó a preguntar ciertas cosas porque ella cree en algo que ella no es diablo no es mala no es traidora a su religión a su esposo a sus hijos no es solamente no quiere que no piensa que se debe se pueden dictar ciertas cosas porque es —...it's MIND CONTROL, it's the very **devil** himself, and he's told Bob that **I'm** the devil and that I'm destroying our household and that I'm a troublemaker in the church and that they all ought to kick me...out...Pat,...I...Pat ...Help me, Pat...I... You have an education, you've lived so much...Manita, ayúdame...

94

ERES TU MALINCHE MALINCHI? QUIEN ERES TU?
QUIEN SOY YO MALINCHI?

96

12. ES QUE YA ESTAMOS EN LOS ÚLTIMOS DÍAS

—En los últimos días, dice tu madre Lorenza,el hijo rebelará
contra el padre, serán los hijos contra los padres en los últimos
días, habrá una gran corrupción, una guerra horrible que
empezará por todas partes porque serán los últimos días y
tendrá que ser porque ya llegará nuestro Señor...Se verán todo
tipo de cosas, mijita, y esto de los ministros corruptos pues es
solamente parte de lo que veremos...por eso hay guerras en
Israel, en todas partes porque se está cumpliendo la palabra de
nuestro Señor, ten fe en nuestro Señor, ten fe, es que estamos en
los últimos días y debemos aceptarlo, prepararnos porque es
simplemente un cumplimiento de su palabra...Descansa tu
mente, mijita, es que ya estamos...Es demasiado para ti ahora,
mija, arrodíllate y pídele a nuestro Señor que te haga fuerte, que
puedas seguir sin preocuparte por todas estas cosas...Así va a
ser, no te preocupes tanto ni pierdas sueño por todas estas cosas,
los castigará Dios, mija, Dios los castigará y no estamos muy
lejos ya, pídele a nuestro Señor y déjate de rezarle a esas
Vírgenes, son ídolos nomás, no necesitas ir a ningún cura para
que te perdone, Dios castigará a los culpables, a todos estos
Anticristos...Tú no necesitas que te perdone a ti ningún hombre-
...Dios te quiere, tus hermanos, tu madre te quiere...Pídele a
nuestro Señor...Qué...?...Te sientes culpable de qué...?

QUIEN TIENE LA CULPA QUIEN (estuviste tú?)

Tú le contestas que sí mamita yo creo, yo creo en El y yo rezo y
me siento mejor, pero por un ratito nomás y todo esto me da
mucho miedo yo nunca sabía yo creía otras cosas (y tú nunca has
hecho nada ja)

—...Yes, I have a faith...that is, I pray a lot, le habías dicho al shrink rubio, —...especially, ja ja when I'm in a jam, I pray like Hell, oh, jaja that is conflictive, isn't it...ji ji...? (de repente te das cuenta, tú cuando rezas lo haces **en inglés** las monjas que te enseñaron las monjas mexicanas-americanas de entonces les enseñaron a ustedes a rezar **in inglés** Ave María full of grace the Lord is with) Well it does make me feel better...most of the time...What? Oh, **Doctor**...I don't **know** how I feel about **that** right now, I don't know...(ah cómo te hacía perder la paciencia a veces pero pero pero por un tiempo)

PERO POR UN RATITO NOMAS

BRRRIINNNNGGG....

—....Aló, I mean, Good Afternoon, Southwest City Estates...No, Stan isn't here...Who...? Oh, Paco Jiménez from the Mex-Am C of C...Ajá...sí, hablo esp...mande...? No, no creo que nos hayamos conocido ...no, en ningún baile...ni quinceañera (jiji)...What can I do for you Mr....oh, Paco, all right...Boletos...? You want me to ask Stan if he'd buy two boletos for the Fiestas Patrias **Cotillion** next week...ajá, sí, cómo no...I'll leave the message for him...Well, it's almost five o'clock and he's not back from the Title Company...Sure...cómo no, hasta luego...Excuse me? Oh!...Petra, Patricia Leyva de...well, just Pat Leyva is fine...Sure, no trouble...bye...

LO COMPRASTE TÚ?

Memo entra riéndose la mañana siguiente, viene a donde tú estás archivando algunos papeles en el file alto del rincón. Tú le preguntas what's up Memo y él contesta que anoche cuando pasaron ellos tarde por los messages, allí había estado Stan viendo los suyos en el bulletin board, y le había preguntado al Puppet que si quería unos boletos para un **Cotill-yun**, que él, el patrón, había hecho una donation so one of his boys could have some fun at the Fiestas Patrias (ji ji él andaba como tú burrita **well-meaning pero ciego** verdá verdá) y deverías haver vido al Carlos cómo se rio ah qué Carlos cómo jacía enojar al batito pos a poco no jue por algo

—...te imaginas, Pat? Un **Cotillion**, con muchachitas vestidas de

98

blanco ...pues con vestidos largos, como, como princesas o reinas de no sé qué...ajá, como novias (como vírgenes vestales como en imitación de como si fueran como si tuvieran como si no existiera un chamaquito que renguea que cojea cuando camina a las mesas para servirles que no les mira LOS OJOS porque no quiere no quiere)...Ajá, jue en el Hotel Palacio, onde trabaja el batito, allí jue...ja ja pregúntale al Puppet, verás, pregúntale nomás de Carlos...Yo ya le'vía dado a éste los boletos, porque aquél dijo que pos nomás no...Medeiros, qué jue lo que nos contó el chamaco cuando veníanos al jale...?

QUE HACES PARA NO AMARGARTE

—...me acordé mucho de aquella boda en Rayón, señora Petra- ...dijo el chamaco que no se había dado cuenta que el patrón después le pasó los boletos a Memo, quien no los quiso tampoco pero se los pidió después Carlos a insistencia de la novia que tenía, que quería ir al famoso baile para ponerle "broche de oro" a la celebración de las Fiestas Patrias...Le aseguro que la pareja ni se interesaba en quedar bien con toda esa otra gente muy creída que bailaba allí portándose todos ya...cómo dices, Memo?...sí, algo así "jaitón" (ay tú ay ay ay tú tú) Bueno, Puppet no sabía que Carlos andaba por allí, cuando oyó que lo llamaban a una mesa...Ja ja ja ah qué chamaco éste...

QUIEN TIENE LA CULPA QUIEN QUE HACES

En aquel entonces tú eras muy popular, umjum, bueno porque siempre andabas quedando bien, no hacías preguntas demasiado serias, te ajustabas al rol más o menos. Menos, por ser divorciada con hijos y tú ya te acuerdas lo que respondían tu padre tus tíos a ESO...Más, porque siendo una de las pocas **mexican-american** educated women, le dabas por **representar** a tu gente...desde la primaria andabas quedando muy bien, te elegían pa'acá te elegían pa'allá (como si juera una samba? jajaja) y tú con el **smile** ése andabas muy líder, a veces hasta cuando no hacía falta, pues metías la cuchara...El último año del **College**, por allá en el '65 el '66 algo así jue no? (oh oh oh oh ai viene oh) oh no ahora hay que seguirle hasta el fin en el '65 el '66 algo así tú tú la hija de un contratista de braceros tú tú tú tú (te dije te dije) tú no vites con todo y lo que había allí para ver para saber para entender tú no quisites tú no vites

TUS DIOSES CON PIES DE BARRO PERO PERO ESTU-
VISTE TÚ??? OH WERE YOU THERE WHEN THEY

—...who is this Chávez anyway? What does he want?
—...I'll tell you what **they** want...they're all communists, that's
what and they want to, well, to **take over**, with this Union-
...That's how it always starts, first they bring in organizers, then
they fill the workers with ideas about better conditions, more
money, a better life...SHEEEET! Fuckin' COMMUNIST crap,
that's whut!

—...Well, I don't know, Sam, there are some labor camps over
on the West Side...well, I know **my boys** well I treat them **right**,
but you've seen Romero's camp...that's **filth** over there, espe-
cially when it rains and I heard some of the men talk in the fil
about how he screws their pay...

—Come on, Pat, the Spanish Club just has to contribute something to the March when they come through here...I mean,
everybody is helping out...they need food for Friday night, you
know they're scheduled to be on campus, a couple of speakers
anyway, when they come through town Friday...— Te está
tratando de convencer Venus, tu amiga quien trabaja contigo en
el Student Council, que el Club de estudiantes de español--casi
todos méxico-americanos, la primera generación casi todos y
casi todos los primeros los únicos de haber llegado hasta la
universidad--Come on, Pat...tanto **compañerismo** en el club, y
ahora me dices que no crees que esta gente tenga razón...! Look,
just make one of those great pots of chilibeans, no es mucho
trabajo...yo lo llevo al parque donde van a pasar la noche-
...Some of them may stay with people, in their homes, no
quieres...Ah, qué Petra...Bueno, después hablamos, tengo que
seguir llamando a alguna gente para que nos ayude con los
preparativos...Sabes que vienen marchando con ellos, algunos
sacerdotes, y llevan a la Virgen en frente...? Pero...pero lo que te
estoy tratando de hacer ver, Pat, es que si creen en Dios, pues
cómo pueden ser como dices tú...? Que compraron qué...? Ah,
qué Pat...Look, I'll see you Friday afternoon...Yeah, I think Ted
and I will introduce the marchers...Okay, see you there...

POR QUE CORRES CORRES OJITOS DE CU CU CULE-BRA

"Cu-currú-cu-cu...paaloooooma...cucurrú..." toca la orquesta del Lagos Ballroom en el Hotel Palacio, toca a todo dar porque allí está la creme de la crema (y la espuma también ja) de la ja ja jalta sociedad **chicana**/mexico-americana/mexican-american/spic etc. según el punto de vista etc. etc. y las palomitas flotan con los chambelanes en dinner-jacket con clavel rojo clavado en el lapel y las palomitas las florecitas las futuras madrecitas nuestras esperanzas para el futuro nuestras flores que tenemos que sembrar y cultivar y cuidar para el porvenir allí bailan vestiditas de blanco como como princesas como como novias ofrecidas como como presentándolas a la alta jalta sociedad congregada en ocasión coincidentalmente por ocasión de **las fiestas patrias** y allí andan entre rayitos de luna los líderes máximos de la comunidad los profesores algunos los businessmen algunos dos o tres casi-alcaldes chicanos que quisieron pero no llegaron a y algunos activistas y algunos dormidos y algunos cuyas mujeres insistían en ponerse el huipil y la flor como manda Dios y la cultura para mantenerla o algo así y el ocasional anglo que anda allí o por matrimonio o porque ha sido un invitado **especial** como como el presidente nadamás y nadamenos de la universidad y entre todos que **eran** o se creían que y andaban ai

Carlos y la novia Licha ríendose divirtiéndose cu-currú-cu-quiándose bajo los rayitos de luna de espejismos debajo de una enorme bola de vidrios espejitos iluminando su senda la bola-luz colgada del techo del salón lleno de vida artificial bajo una esfera espejeante artificial todos haciendo sus papeles artificiales bajo los polka-dots de luz cuando de repente se oye

Y TU SIEMPRE SUPISTE **REPRESENTAR** BIEN VERDA

—Pat, no puedo vinir al trabajo mañana por la mañana...No, es que Félix tiene que ir a la corte por un hearing...Abogado? Que quién lo representa? Pues, pues tiníanos abogado pero pues es miedoso...someone got to him or something, nos llamó que buscáranos a jotro, y como no hay quienes sean raza y es al último momento, pos tengo yo que ir a...pues tú sabes, a ver qué se arregla...No sé por qué Felix no hace caso y deja a aquellas amistades...Los que la pagamos siempre somos nojotros, y aquella basura...pues andan como si nada en sus carros largotes y comprando a toda la gente...y con los mismos centavos arrancados de nuestros chamacos...de mi hermano...

QUE LE HABRÁ PASADO A HACE SIGLOS QUE NO LOS OJOS DE

Se me queda mirando largo mi amigo, su cara sudada color bronce a la luz de la ventana esta tarde. Sus ojos me interrogan, preguntas inauditas pero inquietantemente presentes: Quién nos ayuda? Por qué tienen miedo? Quién nos representa, habla por nojotros, me da la mano en todo esto que nos sigue pasando, nos sigue pasando, nos sigue pasando?

NO LO VITES EN LOS NEWS NO VITES YA

(Y te hiciste sorda, ja, tú nomás **meas,** ji ji)

POR QUE CORRES QUE TE SIGUE TE SIGUE QUE

BRRRRIIIIIINNGGGG....BRRIII...

—Patricia! Soy yo, Chavela...Yeah, soy yo pues quién...Oye, hace tiempo que no me escribes...Boy, have I got a lot to tell you! Are you still trying to write that book, novel...that story about that young kid, and corruption...? Well, you won't believe it...Casi casi elegimos a mi hermano, yeah, a Juanito, that's him, the attorney...Pues como D.A.! ...pero no pudimos, Pat...pos porque no nos dejaron...Naaa...are you kidding? Appeal to whom? ...pos porque...no, que free election ni qué nada...They fixed the votes, la elección! Ajá, pues cómo no íbanos a saber, si trabajanos todos por meses, sabíanos cuál gente iba a votar por él y cuál no...Nos pasamos la noche misma trabajando los precincts...Y nomás no...n'ombe! N'ombe, jue chueca la elección...it was **fixed,** we're sure of it! Yeah, sé que es **everywhere-**...Well, we're all pretty upset, depressed, cómo no...God, Pat, we got sooo close this time! Juanito dice que la próxima vez, tenemos que **asegurarnos** que...N'ombe! La gente texana nunca pierde las esperanzas...! Pos qué te creías...?

RE PRE SEN TA CION RE PRE SEN TA CION RE PRE SEN TA CION

—Qué le habrá pasado a mi hijo, señora Petra? Hace tanto que no nos escribe...Así recuerdas a Medeiros, aquella mañana que todavía podías meditar sobre las huellas de un Puppet callado pero todavía vivo y alerto..

Chavela te había dicho, al principio de tus noches de insomnia, que en Texas, en su pueblito allá, también había conocido a un muchachito que rengueaba, que caminaba cojeando debido a algún accidente o enfermedad...y que también les había recordado a un títere y los mocosos del pueblito le habían hecho burla de primero, llamándole "Puppet"...y así se le quedó al chamaco, ahora todo el mundo le llama Puppet, —Ni se enojaba ya después el Puppet, como que le cayó bien la atención, no sé, dijo tu amiga.

Manipulada

COMO TITERE COMO MARIONETA UNA PIERNA PA'LLA OTRO PA'CA ERAN CHARCOS DE SANGRE

—Y no era tan ocurrente como el Puppet que ustedes conocieron en Southwest City, continúa Chavela, —...pero me hiciste acordar, el otro día, del chamaco, y cómo caminaba... A ver cuándo te llamo, we been working on Juanito's campaign... Yeah, ojalá, ojalá que...

NO VITES YA NO LO VITES EN LOS NEWS?

—Y tú qué jaces pol aquí, Ca'los, le pregunta el chamaco que renguea, al llegar a la mesa del amigo cucurrú-cuquiándose con Licha la novia, —pol qué janda vistido como...chango? Ja, ja... —y después que vio a Carlos bailando la raspa o alguna pieza saltante parecida, se les acercó para decirles, —...te vistites bien pa'l papel qu' jaces, cablón chango...ja, ja...—

QUE HACES PARA NO AMARGARTE PARA SIEMPRE QUE

—Estamos en los últimos días, mija, arrepiéntase de sus pecados... —Ay, mamá, no se aguanta usted con su arrepiéntase conviértase...!Pero si no me siento culpable de eso, de los amores y que los maridos...bueno, los dentro y fuera de la iglesia, pues...No, no, es de otras cosas que hice y que no hice...Ay, cómo me hace usted recordar, qué mamá...Bueno, es que a veces recuerdo por ejemplo, que cuando lo de

103

Chávez...que yo no...como cu-cu-cu...culebra, como serpiente yo...(ya, ya vamos, ya no simihagapatrás TOOOOO LATE!)

Y SERA EL HERMANO CONTRA EL HERMANO PORQUE ESTAMOS EN

—Pat? This is Venus...Yeah...I got to thinking about you the other day, about the March, and how people really got together and contributed food, places to stay...What? You still feel guilty? Well...funny thing, I just had lunch with that guy last week, yeah, he still works for the Union...Oh, I don't judge you anymore for that...Na...the pot of beans, what...Oh, yeah, they asked if you were Catholic or not, ha, ha...No, look, it's time to forget it, move on, and...What? Yes, I got the clippings you sent about your friends...about that young boy...Listen, be careful, it's pretty touchy stuff...

Y LOS OJOS DE CULEBRA SALTABAN POR TODAS PARTES

Sabías representar bien, y en el momento de la verdad

te quedaste sentada mientras hablaba
la pareja vestida de campesinos, han
llegado para representar a los otros
que se han quedado en el parque de la
ciudad a descansar estos otros dos aquí
explican lo que quieren, lo que les
hace falta y por qué emprendieron y
continuaban su odisea larga por el Valle
San Joaquín, los profesores y los estudiantes callados todos escuchando y cuando
terminan los dos vestidos en ropa de trabajo en bandanas la bandera el águila de
rojo y negro y tú saltas y tú acusas y tú
haces animas a los otros estudiantes que te
siguen porque tú siempre representabas bien
y aplauden tus preguntas frenéticas SON COMUNISTAS?
QUIEN LOS MANDA? QUIENES SON USTEDES?
tú como hija de contratista sabías representar
como mujer educada como una THAT HAD MADE IT
supiste rete bien O QUE NO QUE NO QUE NO?

(jajajajajajajajajajajajajajajaja te dije te dije pero no, síguele y dale dale y QUE NO VITES YA?)

—Algún día, mijita, continúa tu madre Lorenza, —algún día no estaré yo aquí para venir y hablarte y darte la mano. Arrepiéntase, no es cuestión de religión...Bueno, sí, creo que si te bautizas en el nombre del Espíritu Santo como nosotros lo hemos hecho...Que tu hermana Belita qué...que ella no...Ya sé, pero ése es uno solamente, no todos los ministros son así...Por qué le pelea tanto, mija? Pero si usted ya ni va a misa...!

PADRE SAHAGUN? OH, HE MUST BE A COMMUNIST?

(Ja, ja, ja, te agarró por fin lalalala gagaga garrita! Y de pilón no se comieron los famosos chilibeans porque fue un día **viernes y les pusiste carne!**)

Y SE VERA TODO TIPO DE COSA PORQUE ESTAMOS EN LOS ULTIMOS DIAS

13. COMO JUE AQUELLA NOCHI

—Allá fue Roma..., están diciendo unos amigos mexicanos, que han estado examinando tu pequeña colección de revistas chicanas, —allá fue Roma, ja, ja...'Ya basta de chingaderismos, oye, cómo nos gustan estos títulos, Petra, ja, ja...Qué quiere el chicano, Petra?

Tú no sabes qué contestar ante esta actitud extraña de tus amigos, nunca les había interesado tus escritos ni tus actividades, y ahora están diciéndose que se vive muy bien en Estados Unidos y tú no entiendes por qué se ríen de vez en cuando, bajito pero risas de todos modos, —Qué cómodo se vive en Estados Unidos, verdad Silvestre?——Sí, ja, ja, muy cómodo...—Como tú no te has sentido muy bien en estos días, te llevan a la universidad, y te llamarán más tarde. Después, encuentras cualquier excusa para no verlos, para evitar otras preguntas desconcertantes para no verlos a ellos ahora tan extraños contigo... Tú sigues pensando lo de Puppet, de Félix, Medeiros...

BRRIIINNNNGGG...

—Me llamó tu amigo Loreto, Pat...Me dijo que ellos tamién piensan lo mismo...pos sobre el batito y cómo jue aquella nochi ...Al tío no le podemos jacer hablar casi na'a, dice que no quiere recordarlo...Y hemos recibido llamadas raras...a toda hora...Así nos pasó la jotra vez, cuando iba a testify el Félix...Contestamos el teléfono, pero naide responde, a veces se oyen respiros pero es todo...Te puedo vinir a hablar por la mañana...aunque sea sábado, tenemos unos trabajitos en los foothills, arreglando walls y borders con piedras...

(oh oh oh ya verás ya reteverás)

Tú no has recibido llamadas como Loreto, Memo y los del Comité...sales contemplando las posibilidades de esa noche de la muerte del Puppet, vas distraída hacia el carport, donde estacionas tu auto entre los carros de los vecinos. Metes la llave, el auto no arranca aunque hace unos ruidos...pronto huele a gasolina, tú te sales y llamas al amigo de la gasolinera de enfrente, quien llega, busca dentro y debajo del carro para decirte

—Right here's your problem, Pat...you got any enemies...? It's kind of strange, it looks like...well, like your gas line has been cut here...I'll patch it up, should be okay, though...

POR QUE CORRES   NO VITES YA

Por la tarde, empiezas a rehacer los trozos de la vida/muerte del batito, trabajas intranquilamente por todo lo que no entiendes...No supiste contestar a la pregunta de los amigos mexicanos: Qué quería el chicano? Tú dijiste que una vida mejor, que los trataran mejor, ni recordabas exactamente qué, pero los amigos se miraban con sus sonrisitas y los ojos llenos de

OJOS GRANITA OJOS EXTRAÑOS   QUE TE PREGUNTABAN QUE

Memo se te ha quedado mirando largo rato, de los ojos líquidos parece emanar ARGO una súplica no enunciada pero sentida POR QUE CORRES PETRA -Qué te pasa, Pat?...Hace rato que parece que ni estás aquí, te veo distraída de nuevo...Prefieres que ya no te platique del batito...? Bueno, pos como t'ijia del tío, no los dejaban solos con él los police-guards, se nos jacía raro...Pero por un ratito salió del **coma** y nos dijo como jue...Jue como lo habíanos sospechado, pero pior por por pos porque

TUS OJOS HERMOSOS   QUE HACES PARA NO AMARGARTE PARA SIEMPRE

creyó que había visto al'apá te acuerdas
y andábanos pistiando aquella nochi cuando
entramos al Forth Street Bar allí en la
barra 'staban junos cuates y pos l'entranos
con más ganas a las dos tres joras ay duele
respirar ay tanto balazo ay a las dos tres

108

joras entró uno de los pushers del barrio
y Puppet no se detuvo l'echó al pusher que
lo de Félix que se largaran del barrio hubo
pues se echaron los dos y pa que no hubiera pior
pleito nos juinos pronto porque porque ay

—Me 'vían llamado de la barra, juno de los compadres por ai,
que el Puppet y el tío andaban tomados y que casi hubo
pleito...—Memo me está contando lentamente, pone la taza de
café en la mesita de vidrio y se sienta en el sillón verde a mi lado,
suspirando: —...Jue por na'a...Murió por na'a el batito...Lo
poco que nos ha podido 'ijir el tío...

SANGRE COMO SI FUERA AYER

—...Y después, dijieron que habían encontrado un rifle todo
viejo...pero primero dijieron que lo encontraron en el carro del
Puppet, pero ya di'atiro suena como mentira...Por qué? Pos,
porque el chamaco nunca traiba arma...Y porque después los
dos chotas cambiaron el cuento...Pat, ya creo que no aguantamos más...

YO QUE LES JICE? Y ESOS DOS CHOTAS, POL QUE? YO QUE LES JICE?

—Profe Petra, qué decía de la "Visión de los vencidos?" Por qué
ha de interesarnos la literatura del coloniaje...? Pero qué usted
no sabe lo que es ser **"american-born"**?...Ah, por eso cree usted,
que exactamente **por eso** lo cree...Bueno, nosotros no entende-
mos todavía exactamente lo que usted y toda esta lectura que
nos sigue dando...

TODO ESTO PASÓ ENTRE NOSOTROS   NOSOTROS LO VIMOS

—...Y llegamos muy tarde, Pat...—Memo empieza a sollozar
hondo, voltea la cara pero puedo ver claramente la emoción.
—Jue por na'a, murió por na'a...Todavía no lo puedo creer...

LUEGO, FUE VERDAD?   FUE VERDAD?   FUE?

Entra el joven moreno al cuarto donde están llorando un niño de
un año, dos varoncitos de cinco a ocho años, y les pregunta, qué
les pasa chamacos, por qué lloran. El niño anda sucio, no le han

cambiado la zapeta en todo el día y los dos varoncitos tienen hambre pero salieron el papá y la madrastra con sus dos hijos a cenar en un restaurante y a aquéllos los han dejado en casa solos, que la hermanita mayor les diera de comer o que Puppet les jiciera, —Manitooooo, manitooooo, llegó el cheque del güelfer y salieron a comprar cerveza y se llevaron a los dos chavalos de la madrastra a comer y no nos quisieron sacar a nojotroooos ...Así le dicen llorando los hermanitos al batito, éste los abraza, les dice vamos a jacel tacos de **calne 'e gorila** y los hermanitos se ponen a reír ja ja carne de gorilota y buscan entre los paquetes blancos marcados U.S. Dept. of Agriculture, Not for Sale, encuentran pasas secas, harina de maíz o no ésa trae gusanos comemos sin corn bread esta vez, hay latas botes de chícharos de salsa de manzana qué suave gorila con chícharos y manzana machucada ja ja ja Puppet cómo nos jaces rir ja ja

QUE HACES PARA NO AMARGARTE   QUE HACES

—...Durante el **Depression,** le está contando tu madre Lorenza a tu niñita María de su propia niñez en Nuevo México, cerca de la frontera texana, —...trabajaba mi 'güelita Lencha limpiando casas de gente rica, y les planchaba también...Cuánto ganaba...? Oh, si le gustaba...pues, casi todos la trataban bien, pues la 'güelita era muy callada y obedecía en todo y no estorbaba. Les hacía todo el quehacer, creo que solamente ganaba unos diez centavos la hora...hace tanto que no recuerdo bien...Nos crió a nosotros cinco, sus nietos, como las hijas habían muerto en la epidemia de los 30, creo que fue el flu de aquel tiempo, no recuerdo...Y vivíamos todos en dos cuartos, uno de cocina-comedor con unas sillas para sentarnos a la mesa, y otro cuarto para dormir...Ajá, dormíamos en el suelo, otros en la cama doble, y yo con güelita en la cama más chica...El baño estaba afuera, era de esas casitas de madera...No, no teníamos electrici-dad...no ni baño adentro...ni agua corriente...Qué comíamos? Ja, ja, ja, ja...comíamos muchas cosas...avena con azúcar si había por la mañana y con café, al medio día avena con sal, y por la noche, avena con chile...! Hacíamos frijoles y tortillas a veces una vez por semana, nosotros los hacíamos porque la 'güelita andaba en el trabajo...Ja,ja,ja, you should have seen that, when your uncles made the masa, and what a mess they'd make...ja, ja, ja...

COMO PUDIAS SER MAS TAPADERAS

—...Andale, Beni, échale más agua a la harina...Menso! 'ora
l'echates demasiado...! 'ora 'stá 'guada la masa! Echale más
harina, pues, menso!...Oh, qué suato! 'ora tiene mucha harina,
me 'chates a mí también suato...Ten! Pos porque mi'aces enojar,
por eso, suato! Echale más agua, pues...Oh, qué Beni éste...!
'Ora tiene demasiada agua otra vez! Y tú, Lorenza, cállate o te
'cho una manotada de masa a ti también, por burlona...!

Y CUANDO ERAS ERAN NIÑA NIÑOS NO LES TENIAS TENIAN MIEDO A NA'A

—Ja, ja, ja, vieras cómo quedaban tus tíos, cuando hacían
tortillas...Bueno, yo hacía las tortillas, ellos amasaban, pero qué
tus tíos...quedaban siempre llenos de harina y de pedazos de
masa pegajosa, en el pelo, en las pestañas, la cara, los brazos...Y
lo hacían de adrede, creo, aunque todos sabíamos que teníamos
que limpiar bien la cocina antes que llegara la 'güelita para que
no nos diera una paliza...Era muy dura, aveces enojona, la
güelita,pero la queríamos aunque rezongaba siempre...Sabía-
mos que trabajaba duro, por nosotros...La escuela...? Oh, no, no
pudimos ir a más del Third Grade...Pues porque había que
trabajar, nosotros también, para vivir...No había tiempo de
escuelas, para nosotros, en ese entonces...Todos habíamos
pasado malos ratos, cuando nos recogió la 'güelita...

SE VIVE MUY CÓMODO EN ESTADOS UNIDOS MUY CÓMODO

—...Sandy? Yeah, this is Pat Leyva, I wondered if you could
meet me tonight after work, maybe a drink...I've...we've...got
some new information on that shooting incident last mon-
th...yes, the one that's being investigated...Well, I can't tell you
on the phone...No, I just don't think I should, I've...we've been
getting vibes about the whole business, and...Well, I'll tell you
about it tonight...Listen, meet me outside the Fourth Street Bar,
it's not too from the newspaper plant...No, we can go some-
where else for a drink, I just want to show you something there,
okay...?

111

SUS RIZOS OSCUROS EN UN CHARCO DE SANGRE COMO TITERE ROTO COMO

Poco antes de salir para hablar con el amigo periodista, suena el teléfono, pero cuando tú lo contestas, solamente se oyen respiros y no hay respuesta a tus quién es? quién es? Estás recordando a Loreto, a Memo, mientras te cepillas los dientes, te pienas ante el espejo...te sobresalta ver cómo ha envejecido la mujer que te está viendo desde el espejo, la mujer que se cepilla y se peina igual que tú pero una mujer que se ve desesperada, cuyos ojos se ven ARGO ARGO cuyos ojos se ven

(ja ja y qué hacías cada vez que te acercabas a la garrita al secreto lo que los OJOS de todos guáchala guácha LA nomás)

Entra Vittorio a su castillo, a su casa-castillo en los foothills elegantes de Southwest City Estates, en su casa estilo **territorial,** con los arcos en frente y un patio de mosaicos importados de Italia. Cuando entra Vittorio, desde el garaje con su **automatic** door, pone el sistema de seguridad con su **alarm** automático, entra al corredor grande de su casa castillo, y llama tu nombre en una fuerte pero dulce voz; en unos tonos varoniles pero melífluos. Tu nombre, en boca de Vittorio, es siempre algo transformado, es música **europea** y tu nombre dicho por él así: PEH-TREEEEH-NAH, lleva un temple cariñoso que vibra toda la noche en tu cuerpo, ajem, en tu alma **sensible.** La mesa, en el comedor con sus muebles **mediterranean-style,** se ve brillante, con su cristal (importado) y su porcelana (importada, por-si-es-lana ja). Vittorio te está diciendo algo, Petrina! Petrina! Qué te pasa, **mía moglie** hermosa, alta, joven, delgada y rubia...OOOOOPS! (ja ja ja aquí hay confusión o difusión o dilusión de fantasías, romanticaca ja ja)

POR QUE

Camino a ver a Sandy, manejas el Ford sin pensar en el tráfico; sigues pensando en cómo tienes dificultad en las últimas semanas, cuando tratas de evocar a Vittorio, el de las pestañas rizadas, ojos oscuros, misteriosos como los de Marisa, y recuerdas: tú no eres rubia, tú no eres alta y delgada, ésas son las fantasías de otros, no son las tuyas, las tuyas han sido recientemente más románticas en cierto sentido...Puppet...tu madre

112

Lorenza, tu hermana...y María, qué le habrá pasado a...

PARA QUE PETRINA   TANTA NOSTALGIA PETRINA
POR QUE CORRES

...y ahora has envejecido (ja o qué no era tiempo ya ji ji), y sigues
sigues siguiendo este hilo de charcos de HONK HONK HONK
HEY LADY! HEY!   *el*
                                                                  coche

—...Lady, get out! Your car's on fire! get out! get out of there
quick! —De sobresalto, te das cuenta que hay gente unos hombres con cachuchas un hombre con sombrero pero en carro
<u>blanco</u> que te están gritando que te salgas del carro que está estás
quemando (te) y brincas al abrir la puerta y sacas a Marisa del
asiento de atrás y ella gritando gritando y los hombres el hombre
del carro blanco se ponen a apagar el fuego te hemos salvado
esta vez te hemos salvado **esta vez** AY MAMA AI VIENE AI
VIENE AI

BRRRIIINNNNGGGGGG....BRRRIII....

—Pat, what happened to you? I waited for about half an hour
past the time we'd said, at that place...What? Your car blew up?
What...? Aaahh...listen, Pat, just stay put, get some rest...Yeah,
I know you must be...Listen, did you tell anybody you were
meeting me, about what you'd said, you know...anybody?...Aja-
...but you called me **on the phone**...What was that noise...that
click on the phone?...Listen,aah...never mind, I'll come by in the
morning...Maybe you shouldn't be alone tonight, you might call
someone to come over or something...Okay? Sit tight...

NO VITES YA NO LO VITES EN LOS NEWS?

Ves por la ventana de la sala hacia la piscina, donde alguna vez
viste o imaginaste a ARGO sentado esperándote en una silla al
lado del agua. Ahora, la piscina está desierta (cuerpos jóvenes en
este lugar desierto) y la luna va glisando sobre el agua, todo
oscuro excepto las lucecitas bailando sobre el agua sobre tus
recuerdos como polkadots de luz como

—Podría haber sido una noche como ésta, te estás diciendo,
—sin otra luz... —como

    aquella nochi dice el tío del Puppet

113

los juimos a otra barra pero di ai
decidimos volver al Fourth Street
polque a mí no m' echa naide tío
pero parece que alguien le había
dicho a la chota que volvíanos
pa'acer pleito algo así ay ay

NO SE PODIA VER SI ERA JOVEN O VIEJO, YACIA
BOCABAJO EN UNAS MANCHAS ROJAS, IRREGULAR-
MENTE FORMADAS Y QUE EXTENDIAN DEL CUERPO
ANGULAR

nos'staban esperando dos chotas
nos'staban esperando ay

LUEGO FUE VERDAD?

aquella nochi nos'staban esperando
ai 'juera de la barra ésa ay ay
nos habíanos apiado del carro ay
íbanos pa'l bar cuando ay ay cuando
oímos una voz ay dijieron HEY!
YOU THERE STOP! pos no sabíanos quién
era y corrimos ay ay jue cuando di
güelta y vi las lucecitas muchas jeran
las lucecitas y luego luego nos dimos
cuenta lo que jeran AYYYYYYYYY

COMO POLKADOTS COMO POLKADOTS DE LUZ Y
LUEGO LUEGO

Le has llamado a Sally que viniera a pasar la noche contigo y con
Marisa. Hace más de media hora que dijo tu amiga que venía,
pero no ha llegado aunque vive a cinco minutos de tu casa.
Miras afuera cuando crees que oyes unos pasos, no ves a nadie.
Tú ya andas mal de los nervios para cuando por fin llega Sally, y
te dice al abrirle la puerta, —You're not going to believe it, and
maybe I shouldn't even tell you, after what happened to you
today!— Qué pues le dices tú y ella por fin, sentándose en el sofa
floreado, las manos temblando, te dice que al salir a subirse al
carro, para venir a tu casa, vio que estaban dos hombres anglos
dos hombres anglos con gorras-cachuchas que trataban de abrir

114

las puertas del carro. Entonces ella corrió de nuevo adentro de la casa, le llamó a la policía y dentro de unos segundos habían llegado unos cuatro carros de policía pero los dos hombres habían desaparecido. Ella recuerda que habían salido de una camioneta blanca. Tú le preguntas, estás segura, camioneta blanca gorra blanca dos hombres? Sí, te contesta Sally, que sí, pero para cuando llegaron los policías, se habían ido, sólo fue unos segundos, ella no entendía ni cómo ni por qué...?

Y TODO TE HACE A PESAR DE TI PENSAR COMO JUE

14. UNO Y UNO SON TRES

Sally se queda contigo todo el día siguiente, contestando el teléfono, diciéndole a todos que estás descansando, que después devolverás las llamadas. Tres de las llamadas eran urgentes: tu madre quien llamó desde California para saber cómo andabas, Sandy que tenía cita contigo y andaba preocupado ahora por ti y el asunto en que te has metido, y Memo quien dijo por fin que pasaría a verte esa tarde después del trabajo.

BBRRRRIIIINNGGG.....

Esta vez es tu madre, llamando para pedirte que vuelvas a California, que ya no te metas más en el asunto, que no valía la pena que te pasara algo, a ti y Marisa, por tratar de ayudarle a un muchachito muerto. Tú le dices que lo pensarás, que ahorita te está empezando una migraña y te duelen los jotquequis...Te acuestas de nuevo, pero ya no puedes dejar de pensar, ya no puedes...Levantándote, invitas a Sally a una taza de café, empiezas a hablarle de cosas...—Uno y uno no siempre son dos, le dices a Sally, —y aquí algo huele rete mal...

ALGO HUELE MAL Y LO HAS SABIDO Y AHORA QUE NO HAY TIEMPO YA

—Creo, le dices a Sally, que ha llegado la hora de sacar cuentas-...Something awfully funny is going on, just let me kind of sit here and try to piece some of this together...God, my head hurts! Let me see, primero yo, entonces a ti...Pero por qué...Oooo-...Sally, iba por la aspirina pero ni me puedo parar, mira qué shaky ando...Me haces el favor?...

ESTAS RETE SHAKY IMBERBE PERO TE DIJE TE DIJE TE DIJE

117

Alguien, alguien cortó la línea de gas en tu carro...Le cortaron el tubo que va desde el tanque hasta el motor, así te había dicho el amigo de la gasolinera...Entonces, alguien no quería que tú pudieras manejar el coche, o...o que tú no...Espera, espera, esto te da dolor de cabeza, espera...

BBBRRRIIIIINNNGG....

Sorpresa de sorpresas. Llamó Vittorio, que no había sabido de ti en varios días, que cómo estaba Marisa. Tú le cuentas, en pedacitos, lo del carro, lo del susto, él dice que viene por la noche para quedarse contigo y con la niña. Tú cuelgas el teléfono, empiezas de nuevo a mover y remover los hechos...Uno, alguien cortó la línea del gas...dos, el carro se incendió...había alguna conección? Había que pedirle a Memo, a Vittorio, o al de la gasolinera, que fueran a averiguarte lo del carro, que por qué se incendió después...a ver si había señas de algo...

HAY SEÑAS DE ARGO   ESO SI   DE ARGO ARGO Y TU NO VITES YA?

—Cuanto más te agachas, más se te ve, dice tu madre Lorenza... —Qué dices ahora, mamá...? Ah, qué mamá...—Sí, pues así decía mi güelita Lencha, cuanto más te agachas...no tenga miedo de decir lo que piensa, mija, recuerde lo que decía la güelita...En cuanto más tratas de complacer a la gente, pues más te desprecian...no crea, si usted trata de hacer y portarse según la gente, pues...más se te ve...—Ay, mamá, y tú me lo dices...!

SEL O NO SEL, ESA E LA PLEGUNTA SIÑOLA PAT ESA E

Medeiros recién ha vuelto de México, desde la capital a donde fue para averiguar el paradero de su hijo José María. Es la primera mañana que regresa al trabajo, apenas te saluda y lo notas muy serio, más que de costumbre, y Memo te dice, —No encontraron al hijo, Pat...había...**desaparecido,** él y el amigo- ...sospechan, pero no pueden comprobarlo, que jue por lo que andaban jaciendo...que pertenecía a un grupo y distribuían folletos, papeles...pues no jallaron al chamaco, no lo jallar- on...A nojotros nos dijo la mujer, porque él no ha querido hablar desde que volvieron...pos sobre el asunto, no ha querí'o...

Ý NO VITES YA? NO LO VITES EN LAS NEWS?

Eres incurablemente romántica. Con todo y lo que ha pasado, y tú dale y dale con tu Vittorio. Has idealizado **un tantito** los hechos, no crees? Ya, déjalo, déjalo ya. Así fuiste, así fueron, pero déjalo ya. Qué no ves lo que hay que hacer? qué no vites ya?

El Comité ha iniciado litigación contra los dos policías. Al chamaco y a al tío, dicen, o les pusieron trampa **alguien**, **álguienes**, o los mataron por equivoco. Tú has re-escrito los datos, descrito las circunstancias según te han contado Memo y Loreto, y estabas lista para entregárselo de nuevo a Sandy, quien conoce a gentes que **pueden**...

La cabeza te duele, la cabeza te duele...Uno, **alguien** le cortó la línea al carro, porque, porque...Por qué?...Dos, tú ibas camino a ver a Sandy cuando se incendió el auto...Uno, dos, uno, dos...

LOS RIZOS YACIAN EN UN CHARCO DE SANGRE COMO TITERE QUEBRADO UNA PIERNA PA'CA OTRA PA'LLA

—Pat, hablaste con Medeiros todavía...? Fíjate que conocieron a otros padres, cuyos hijos habían desaparecido...Sí, en la capital misma, pos cuando estuvieron ai, dijo la señora d'él que...

BRRIIINNNGGGG.....

—Hi, Chavela, habla Pat...Cómo siguen? Ajá...que encontraron qué...? Oh yeah? Chisguetes, no me digas...! Y casi lo pueden comprobar? Hijo, manipulación de los votos, eso sí que es sucio...Pues, qué van a tratar de...? Oh, ya han reclamado, pero no les...Ajá...So they're trying to cover it up...pues cómo no...Cabrones...So then you're what...? Y cuándo lo van a mandar con los papeles, the **proof**...? He's the one that helped you count the votes, that called you and told you...? Ajá...es buen amigo, de confianza, digo...? Well, I guess that's the best thing, then, send him to the County...What was that...? Yeah, I hear it too, fue un ruido como que alguien levantó el teléfono, que estaban escuchando...God, these days I'm not sure if I'm imagining stuff or what...Sí, pues, tú también lo oíste, ya sé...God, I think I'm really crazy sometimes, Chavela...

119

Te estás/te has volviendo/vuelto loca...Nada de esto ha pasado, son puras cosas tuyas, es tu imaginación, tus romanticacas, tú ya rete estás y te rete patina. No pienses, no pienses, nada de esto les/te ha pasado, les/te está pasando. Lo que te pasa, es que has leído demasiados libros, eso es...Quijota, de remate y amén...

—You know who Malinchi was, María? Very interesting case, actually...She fell in love with this white man, see...Pues era español, yeah, Cortés, whatever...Y se enamoró, y por eso le han dado y dado por siglos...Well, la usaron, la usaron como quien dice, pero primero, well...she was sold, para no decir sold-out, primero por su gente...entonces, pos el rete machote aquél, he sold her out...pos a un teniente de él, o sargento, no sé, da igual...Sí, sí, así nomás, take her, she's yours...Pos era hombre casado aquél, y así nomás...Bueno, es una lección de interés, lección cultural, histórica...Ja, ja, ja...y que ella los vendió a ellos! Todavía ni existían...! Like a piece of used-up paper, wham, bam, thank-you-ma'am, a la basura...! Tell me about what the movimiento wants, mija, just tell me about it...First, they can clean up their act, y entonces sí veremos...

SON SIGLOS Y SIGLOS DE QUE NO VITES YA?

You're just fantasizing, none of this is happening, none of this has happened, don't think don't think..

AND WE SIMPLY DON'T WANT YOU TO THINK AND WE DON'T WANT YOU TO

Ha llegado Memo a verte, se ha ido Sally, por la noche llegará Vittorio. Antes de que puedan sentarse, tú corres a abrazar a tu amigo, y le dices en llantos que te estás volviendo loca, que ya no puedes, que tienes miedo de...

—No sé de qué, Memo, no sé de qué...Como que algo me va a pasar si trato de hacer algo, de ayudarles...Como que alguien... que alguien no quiere que...Y dudo de mí misma, no sé lo que sé, lo que me he imaginado, me estoy imaginando...no sé si es la mala conciencia, el miedo, fantasías, o qué...

BRRIINNNGGG...BRRIIIIIIIIIIIIIIINNNGGG...

—...Qué pasa Petrina? Por qué no abriste la puerta...? Hace rato que estoy tocando...Esto dice Vittorio al entrar a tu sala, donde tú estabas acostada. Tú quieres estar haciendo algo, ARGO pero te encuentras agotada, confundida. Ha sido largo el camino, le dices a Vittorio, quien no te entiende para nada de todos modos, para nada...

Esa noche, Vittorio se acuesta en un catre en tu recámara. El insiste en quedarse, impresionado por tus ruegos anteriores y por tus nervios. Tú no puedes dormir, después de algún tiempo indefinido de insomnia, oyes o crees que oyes que alguien camina hacia tu casa, que **alguien** trata de abrir la ventana de del baño y tú le dices a Vittorio **alguien** se quiere meter y él dice que no hay nadie son tus imaginaciones duérmete y después oyes de nuevo que alguien camina hacia la ventana y de nuevo trata de abrirla y entonces tú vas hacia el teléfono y marcas el número de emergencia la policía les pides que manden a alguien para averiguar y mientras duerme Vittorio la chota te pone **on hold**. (ja ja ja ja ay tú no te aguantas tú no fue así no fue así tú cómo le sigues con tus romantichuchos ja ja)

—Actually, that's not exactly what happened, le dices a Chav- ela, because Vittorio never came that night, I was alone when someone came to the back door and unlocked it then tried to come in...What? Oh, well they didn't get in because I was in the kitchen right by the back door, and I had my back to it but when I heard them unlocking it, I thought it was Vittorio and I called out his name...Well, the chain was on the inside of the door... menos mal... the door held against the chain at the same time that I yelled out Vittorio's name...and then I heard footsteps, someone running away over the gravel in the side yard...Cuando fui a ver, no había nadie allí...

NO LO VITES EN LAS NEWS?

Chavela te está diciendo que el amigo de ellos que llevaba los resultados y las peticiones sobre la no-elección del hermano de Chavela, se mató.

—Pues no sabemos cómo fue que ocurrió el accidente, dice Chavela, porque el pickup era nuevecito...pero dice la chota que le fallaron las brecas al troque...No sabemos qué pensar, pero algunos de los amigos aquí ya andan muy furiosos y listos pa'...pues quién sabe qué...Pues hemos tratado siempre por las buenas, yo no sé...

BRRIIIINNNNGGG

—Aló, Petra, soy yo, Belita...You won't believe what this weird minister did now...Pues, vinieron a la casa el miércoles, como cada semana, pa' "fellowship meeting"...Allí estaban las mujeres en un grupo, los esposos en el otro, con el ministro...Y la esposa del ministro, nos empieza a decir a las mujeres, que teníamos que cuidar bien el hogar, ser madres ejemplares, y atender cuidadosamente a los maridos. Pues, ya me conoces, y aunque yo sabía que me tenían ya entre ojo, le pregunté con mucho interés que si no nos daba algún ejemplo?

—You mean like cooking and cleaning and the laundry, Mrs. Minister Crossbuns?, añadí dulcemente...Bueno, la Mrs. Minister Crossbuns empezó a leerme la carta, que pues lo de siempre de que tener la comida lista, planchada la ropa, ajem, ajem, y se le sale que debíamos doblar bien la ropa, especialmente los calzoncillos! Pues, no me aguanté...me reí muy recio y hasta los hombres pararon de hablar y me oyeron decir:

—You mean, I gotta fold my husband's underwear a certain way, or...or he might leave me...or it would be grounds for...You're full of...Well, I'm sorry, but I can't swallow this... Entonces, Mister Minister Crossbuns empezó lo que me tenían ya guardadito, que porque yo no era **como ellos** (anglo?) que yo no sabía bien respetar y aprender cómo vivir **por Cristo**... Y que yo usaba lentes oscuros porque no era recta y era del Diablo...

Pues aquí no pude más, no más me levanté y lo único que se me salía fue —Jesus Christ! Holy Jesus Christ! Claro que todos quedaron asombrados...The worst part is my husband...se quedó cabizbajo, como alguien que ha sufrido una gran vergüenza...That's me, I guess...Pues, tú sabes que me hace falta ALGO...but I just can't buy all of it...Te imaginas, que se debía doblar el calzoncillo con la bragueta pa'dentro, que no estuviera fuera donde...pues donde meten la mano...porque había que evitar los malos pensamientos...y estaba diciendo más cuando la interrumpí...Jesus Christ!

—Aló Petra, mija, soy yo, Memo...Abre la puerta...Memo
entra, lo abrazas, lo tomas de la mano, y lo escuchas decirte las
últimas noticias...El te da un trozo de periódico

COMMUNITY GROUP PROTESTS
POLICE SHOOTING
POLICE CLAIM YOUTH CONCEALED WEAPON

—que llevaba el rifle escondido en la pierna del pantalón, que
por eso jue...

EN LA PIERNA —O NO **pero** Memo él **el batito rengueaba**
entonces fue que...

ALGO HUELE EN SOUTHWEST CITY Y TU LO SABES
UNA PIERNA PA'CA OTRA PA'LLA CHARCOS Y CHAR-
COS DE

124

15. ESTARÉ ESPERANDO TU LLAMADA

—Memo, cuando éramos niños no teníamos miedo de decir lo que pensábamos, éramos todos nosotros muy atrevidos...pues, a veces valientes, sabes...? Qué? Que lo de la Belita, cuando éramos chamacos todos, lo del Casper? Si, pues, por eso te digo...hubo una vez que hasta yo fui valiente...por lo menos...Qué feos los perros-bulldog...el Casper era uno bajo como la especie pero grueso y gordote, pesaría unas 50 libras, no sé...Ni me acuerdo qué color era...creo que blancuzco con manchas, algo así...

COMO TÚ COMO TÚ COMO TÚ TÚ TÚ JA

Hace días que no has pasado por la universidad, no has ido al trabajo de Stan tampoco. Hoy sí, pasas a ver el correo, a platicar con la muchacha que te ha ayudado con tus clases, Elena.

—Te andan buscando, te dice Elena en su despacho, —y han dejado mensajes, los encontraste?

—Bueno, aquí tengo dos...uno de Loreto...y uno de Sandy del periódico...oh, aquí hay un papelito con un número nomás...pues quién...?

—Empieza con 555-? Pues ésa es la chota...! Ya lo imaginaba...! Oye, Petra, cuándo vas a despertar? Júntate a nosotros, así te podemos ayudar mejor...

—Ya, ya sé...me lo sigue insinuando Loreto, también...Pero ya me conoces...I don't know yet...

Elena te ha dado unos papeles, son copias de documentos, de páginas de libros..."Plan de Aztlán", "Plan de Santa Bárbara", "Chicano Manif..." Cuando llegas a casa los pones con unos libros de la clase de literatura chicana de Loreto. Allí están sobre el mismo escritorio donde tienes, en el cajoncito, la última carta de María. Ahora andas tan ensimismada, tan con tus imaginaciones y rememoraciones, que no sabes cómo es que llegas a un lugar de otro...Realmente, hay que caminar por la sombra, como te acaban de decir mitad-en-broma en la U. Porque, en este caso, demasiado sol en el cráneo, parece que te está descombobulando...—cálmate, te dices, —ponte a escribir algo, lee algo, la rutina, algo pero cálmate ya...

—Hi, Petra, this is Sally...Listen, you're gonna get **real bored** with all that paranoia...No importa qué tenga que ver la chota con ello...Si hay alguien que hizo mal allí, pues júntate a los demás de aquel grupo comunitario, y dales en la torre a los culpables...

JA JA JA TÚ ERES LA CULPABLE NUNCA HAS HECHO NADA

—Para esto le di en la torre al Casper aquella vez? Te preguntas llegando al Hospital de Whitestown, donde vive la Beli con su familia. Sacas a tu hermana del Torino, la llevas apoyándola por el brazo, hasta que te ven los del Emergency Room y salen para recibirla. Ella apenas puede hablar, los labios se le ven azulmorados...efectos, sin duda, de las píldoras que se tomó...

—Drug overdose?— Te pregunta la enfermera, mientras acuestan a Beli, y empiezan a meterle tubos por la nariz, en los brazos y con agujas, muchas agujas...Ella apenas respira...

AAAAAAGH AAAAAGH QUIRIA'IJIRNOS ARGO PERO NO PUDIA AAAAAGH

—Mamá, le dices, esta religión de ustedes, es un time-bomb...este matrimonio de Belita, como va, pues no va...time-bomb...How come she wouldn't let HIM take her to the doctor, when you and he both knew she was locked in there, and you knew what had happened those other times before...You know how many tranks she had to have taken? Pues había unas 20-30 píldoras todavía en el frasquito, dijo EL...sí, muy buen CRISTIANO es...muy obediente a su MINISTRO...Y mi hermana, qué...? Así, se nos está muriendo, poco a poco, de todas mane-

126

ras, poco a poco...

BBRRRRRRIIIIIIIINNNNNNGGG

Decides mandar poemas, escritos, lo de Puppet a algunos amigos de Elena, "gente comprometida", "del Movimiento". Aplausos, cartas amables, intercambio de abrazos fraternales, y después de unos meses, una invitación a un festival literario y artístico en Texas, durante el verano...Tú, todavía la niña que quiere atención y se fijen en ti (you always wanted to "do the right thing"!) respondes, y vas, pero vas sola...Confiando en las nuevas amistades **comprometidas**, vas con muchos temores y muy deprimida, pero vas...

Me quieren matar! Me quieren matar! Vas corriendo por el barrio de la ciudad texana, alucinando que te persiguen los amigos (comprometidos) para hacerte daño...Pues, no te han dado una droga? algo que te ha hecho que ahora corras por las calles una loca bien hecha y de remate porque alguien alguien te quiere aniquilar que ya no pienses no digas nada no hagas lo que no debes que te quieren castigar por tus PECADOS o todo lo que hiciste lo que pensaste lo que vas o vayas (vale más que no) a pensar??????
AUXILIO TENGO HIJOS AUXILIO

La droga alucinante que te dieron, fue cuando estabas excitada escuchando la poesía las canciones idealistas de protesta de mucho Movimiento y Revolución y de Cambio...Pusiste tu soda bajo tu asiento, una soda que tu nueva amiga (comprometida) te ha regalado, y otro(s) **quiénsabequiénes** (comprometidos) te hicieron el favor, te subministraton su hostia, la de sus ritos ceremoniales será, poniendo ALGO en tu soda.

—I thought you were going to kill me,— le dices a tu nuevo compadre **comprometido.**

—We were, but we decided to do this instead..." responde el güilo, y trata de treparse sobre ti.

OH YOU BOUGHT IT LIKE I SAY WELL THERE WAS ANOTHER WAY

127

OH TÚ ERES UN TÚ ERES UNA

—Anxiety nuerosis, te está diciendo el shrink rubio y rete mangote, —often stems from a deep inner conflict over values...Unresolved issues...and fears...We really must work to clarify the causes of the conflict and to find solutions...

El psiquiátra te pregunta si quieres hablar más de los conflictos culturales que sientes ahora, por qué te crees aislada, sola, a qué se debe, y una última pregunta que te inquieta: —Petra, do you place perhaps too much importance on your interaction with others and their opinion of you...? Pues me estorba algo la pregunta, que si me importa más la opinión ajena...Tú te acurdas que en nombre de muchas Cruzadas y Movimientos, se aniquilaban, con o sin sangre, a millones...En nombre de sus Profetas, pues...

—Real Communists and Marxists don't do those kinds of things ...Elena te está explicando que frecuentemente hay unos más perdidos y locos haciendo porquerías y vilezas en nombre de Su Causa, pero que los que de veras son comprometidos, no hacen esas cosas...

—Entonces, cómo somos diferentes de los de la CIA, si nos andamos jodiendo así? I could have really been hurt...or killed...Y por qué andan diciendo que quieren crear **un mundo nuevo**...? Pues yo qué les hice a ellos? Except for my love life...(Y LO DE CHAVEZ?)

(y la garrita la garr garr rrita mocosa entremetida quién te invitó pues TEN)

Lo del tío de Puppet se resuelve, hay un **settlement**, le pagan para que ya no sigan con los pleitos legales. La policía admite que tal vez fue un equivoco, por las apariencias, TAL VEZ. Y se acabó.

Yo decido dejar el asunto...cada vez que lo trato, me dan temores DE LA MUERTE DE LA CHOTA DE LA CIA DEL MOVIMIENTO DE MIS "AMIGOS" y más que nada de los falsos amigos comprometidos, porque en ellos empecé a querer ver algo bueno algo nuevo y posible y me dieron mis buenas PUES QUIEN TE MANDA BUSCONA QUIEN TE INVITÓ

—Que curioso, le dices a Elena después, yo creía que me iban a aceptar, pues qué TONTA hé de ser...(Y TODAVIA LE SIGUES) Hasta pensé que me querían con ellos, allí, pues me entusiasmaban las palabras aquellos días del festival chicano, aunque todavía me daban miedo muchas otras cosas...muy nuevas...Pero había cierta atracción, cierta atracción...

* * * * *

BRRRIIIIINNNGGGGGGG BRRII

—Mija, dice tu mamá —ponte a leer la Biblia...Busca tu alivio en la palabra de Dios...

Tú y Marisa acaban de regresar de Southwest City, de casa de la señora que te cuidaba a la niña en aquellos años, cuando lo del Puppet...Fue un fin de semana impresionante, que te trajo de nuevo los miedos las traumas BUT THE POLICE HAS A JOB TO DO BUT THE IMMIGRATION HAS A JOB TO DO UNA PIERNA PA'CA OTRA PA'LLA ERAN CHARCOS DE SANGRE SIGLOS Y SIGLOS CHARCOS DE

—Nana, le dices a la viejita que las quiere a ustedes dos como a sus propias hijas, —Nana, I've been working on that novel again, about the young boy, the police incident...La viejita no sabe de Movimientos de política solamente sabe que te quiere las quiere, y ustedes a ella...Ella, Elena, Loreto, Memo y Sally-...fueron tu "familia" en Southwest City...tu verdadera familia estaba, para siempre en ciertos sentidos, ya muy lejos...

TON TON TON TON ZAS ZAS se oye la puerta los ruidos a la casa de la viejita...son las dos de la mañana o pasadas...—Go away! Get out of here! grita la viejita y tú mientras has llamado a los vecinos que no contestan nadie prende las luces las oye llamas entonces a la famosa chota que te pone on hold y tú cuelgas y las tres se van a una ventana y gritan que alguien venga a ayudarles con este loco este hombre alto y rubio vestido de blanco y azul melena desordenada y rubio y que quiere entrar a la casa donde ustedes tres están gritando y gritando y la famosa chota no viene y ustedes tres gritando y el loco rubio se acerca a la ventana y pregunta —"What do you want the police for anyway?" y tú le gritas en inglés pues que se largue que bien se

129

largue y están las tres viejita vieja y niña llenas de terror y de frustración porque ni la famosa chota llega y por fin un helicóptero pues a la última moda corretean al rubio y después

BRRIIIIIIINNNGGGGG...

Es Memo, quien te devuelve una llamada. —Pues averigüé lo de una lápida pa'l batito, te dice, y pos cuestan y tenemos que ir juntando poco a poco...Oh, **tú** quieres...? Ah, pos suavenas-...Dale gas, Pat...Unjum...sí, yo voy contigo a ver qué se puede arreglar...Sí, pos como te dije, la madrastra había dicho que ellos lo iban a hacer, ponerle piedra propia al chamaco...Pero, tú crees...?

SÍ, DO-GOODER, YA LO CREO...Y TÚ Y TÚ TÚ TÚ???

Tu hija, María la do-gooder incurable, te ha escrito por fin. "Estoy en México, mamá. Me vine con los amigos--el amigo--chilenos, sólo estamos de paso...Que tienen ciertos contactos, que tenemos que arreglar bien a dónde vamos a dar en Nicaragua...Bueno, mejor di que nomás nos vamos a Centroamérica...Mejor no decir lo que no debo...Pues dice mi compañero que nos juntaremos a una "brigada" para trabajar unos meses...De todos modos, estoy, estamos bien de salud...y decididos. Te quiere, María. P.S. No olivides de darle un besote a Marisa!" Como acabas de platicar con un Peace Corps Volunteer regresado en tu Universidad sobre la región a donde va tu hija, la carta de ella te ha dejado muy, demasiado inquieta...Tantas historias y versiones conflictivas...Qué habrá realmente allí, verdad o mentira...? Qué habrá...Será...?

BBRRRRRRIIIIIIIINNNNNNNGGGGGG

—There's got to be some other way to live than this, te dices le dices a Elena...

MARIA MARIA   A VECES LOS HIJOS SABEN MAS QUE LOS PADRES   JA JA

ENOUGH THAT'S IT LAY OFF BASTA Y POS QUIENES SON USTEDES   CABRONES

—What you have done is a sin, don't you know that? It's a sin of pride, and until you come down off of that high horse of yours

130

and give yourself over to the Lord's will, you won't have any peace...You're a sinner, and suicide is a sin in the Lord's eyes ...Así le está diciendo el Minister Crossbuns a tu hermana allí en el Emergency Room, tu hermanita tan valiente con agujas con tubos y luchando ahora con la hostia que le ofrece la gracia de Dios digo que le ofrece ahora este Ministro de la Fe Verdadera...Te cuñado te ha largado del hospital, por entremetida...So what's new, te dices, y al cabo no quieres ver cómo el Minister Crossbuns se está portando como rete pendejo y el tonto que es con la Doctora bajita que se ha encargado de tu hermana...Al día siguiente, todo el hospital está chismeando del encuentro entre la Doctora y el Ministro Crossbuns, quien terminó rabiando y casi espumoso de la boca, gritando que la Doctora era "one of those ignorant liberated females being nosey!" La Doctora era de Berkeley, y aunque era pequeña y bajita, insistió que el Minister Crossbuns "was out of line" hablándole así a la Belita y corrió al machote santo...

NO VITES YA NO LO VITES EN LAS NEWS LAS DROGAS LA MUERTE NO VITES YA

Estábamos nosotros todos jugando afuera de la barraca donde estaban las recámaras y el comedor del campo de mi Nina y su marido...pues también eran contratistas...o lo fueron hasta que él se suicidó años después...Algunos dicen que se mató porque se habían movido a la ciudad, y que él no se sentía bien en el nuevo negocio, que le hacía falta el contacto con la gente del pueblo, los campesinos. Bueno, como decía, estábamos jugando afuera, yo con un primito en los swings, la Belita con mis otros hermanitos correteándose. De repente, oímos gritos los que estábamos en los swings, porque se había soltado Casper, el perro bulldog de mi Nina...Siempre tenían encerrado al perro, y mi primito y mis hermanitos lo hacían rabiar, valientes porque el perro estaba detrás del alambre del gallinero antiguo. Ahora, suelto, aborotado y furioso se mete entre la bola de niños que gritan, y vemos que coge a mi hermanita la Beli por una pierna, arrastrándola por la grava...Salen cocineros a ver por qué gritamos, todos corremos pa'dentro por el miedo, y vemos que el Casper estruja ahora a Belita, que grita y llora...y me entra una rabia contra el perro cabrón estrujando a mi hermanita y me entra que tengo

131

que hacer algo y tengo mucho mucho miedo y ahora salgo y cojo un balde de lata de esos pa'al agua que está allí y voy hacia ellos y le empiezo a dar golpes al perro con el balde y por fin viene alguien un cocinero creo y el perro suelta a mi hermanita con mis golpes a la cabeza del perro la suelta y el cocinero agarra a mi hermanita y la llevan adentro y por fin viene otro cocinero bracero y otro y entre ellos cogen al perro Casper y se lo llevan y lo encierran. Después todos asustados esperamos a que vinieran los grandes del pueblo, nuestros papás, con un médico amigo que tenían del otro lado, de Mexicali...Ese día "pusieron a dormir" al perro bulldog Casper.

después encuentran que el rubio alto y loco llevaba las llaves a la puerta de rejas de la casa de la viejita Nana...También, concluyen que o andaba alcohólico el rubio, o andaba tronado con drogas, porque con todo y el escándalo que ha hecho al tratar de entrar a la casa esa noche, ha escogido **la única casa con rejas en las puertas y en las ventanas**...A nuestro susto y por coincidencia horrible, esa noche por primera vez. la viejita ha olvidado sus llaves **en** la puerta de rejas...Qué otras coincidencias hubo allí esa noche, yo decido ni quiero saber más...Dejo de trabajar sobre la novela, me dedico a Marisa, a las cartas de María, a los últimos problemas con la Belita, con mi nuevo puesto en la Univ. Con mi silencio, empieza una nueva desintegración psíquica y del espíritu y comienzo a ver ojos que acusan por todas partes

OJOS GRANITA OJOS QUE TE PREGUNTAN OJOS LLE-NOS DE

—Pat? Me dejó mi marido, te está diciendo la Beli, —me dejó porque dice que soy lesbiana que soy del diablo que porque insisto en llevar lentes oscuros y por último que **porque miro televisión**...Que la televisión y las películas son obras del diablo...Y hace tres semanas, él me dio permiso para comprar el televisor con mi propio dinero porque él quería ver el Super Bowl! Después

Después supimos que EL tenía novia, otra de la misma FE ESCOGIDA pero que daba **blow-jobs**, lo cual mi muy diabla hermana de los lentes oscuros y tan rebelde desde niña, no

132

quería...A cada uno su gusto, digo yo PERO QUE NO SEAN
HIPOCRITAS SIGLOS DE CHARCOS DE

—Give me a break! dice Sally cuando le cuentas lo de tu hermana. A ti, lo que te preocupa ahora, es cómo va a reaccionar tu
hermana después, que se le pase la reacción inicial...Si se
deprime, si la sofoca la depresión de tanto...

—Anxiety...te está explicando el shrink curiosito y rubio, la
depresión y la ansiedad intensas, pueden hacer que uno o una
pierda la conciencia de lo que uno es (no **conscience**, sino
consciousness aunque pueda llevar a lo mismo)...Pero por qué
tantas traumas? Qué no lo teníamos todo? No éramos las más
populares, las líderes, las más ocurrentes, las valientes, las hab-
ladoras...ALLI LE DISTE AL MERO MERO CLAVO HAB-
LADORAS PUES AHORA QUE NO HAY TIEMPO YA
PUES AHORA QUE

—Okay, le dices a Elena, **show me**...Qué es esto de que en el
Southwest, de que en Latinoamérica, de que hay otro mundo
posible, de que algún día nuestros hijos no tengan que...

Y LAS HIJAS QUE Y LAS HIJAS

—Esa Petra Leyva es una hija de la mala vida, dice la secretaria
del departamento en la U. —una puta feminista que no sabe
nada y metichi y se pone a escribir poemas de amor y cuentos de
cosas que no sabe...Es una pura hija de...(PARA NO DECIR
MALINCHE? VENDIDA? JAJAJAJAJA)

BBRRRRIIIINNNGGGG

—Memo, eres tú? Sí, soy yo, Petra...te acuerdas de mí, hombre?
Pues yo sé, ha sido mucho tiempo...y ha sido largo el camino...No sé, como que me hicieron brainwash, a que no estaría
contenta hasta que se me saliera...como espina o cerote no sé,
pero veremos...No, no pues, hay que ser prácticos...para qué
dale y dale por qué me lo hicieron...Mejor aceptar que si fue
posible, fue porque allí estaba plantada la idea en tus sesos o
instintos...porque dicen los shrinks que no se puede si uno
realmente resiste a la idea...Si, pos cuando quieren que mates a
alguien y si no eres asesino pues no lo puedes hacer ni brain-
washed y sólo si te han de a tiro dado drogas te descombobulas y

133

te matas tú a ti mismo (misma)...Pues no más con la fuerza de nuestros escritos y nuestras palabras, podemos cambiar muchas cosas y hacer mucho más...y tal vez mejor...Yeah, I know...no, no soy otra persona...Soy la que fui hace mucho tiempo. Como cuando éramos niños y todos sabíamos, instintivamente y con valentía...a actuar...y **decir**... Te acuerdas que me contabas de un comité del barrio, donde tú trabajabas con la gente, y algunas veces había que armar pleitos para resolver algo...? Pues ai voy pa'que me cuentes un poco más...Sí, y te contaré lo que hice con el libro del Puppet, no sabes cómo fui cambiando...y a jalones- ...desde la muerte del batito...Yeah, ojalá te parezca...Ai nos vemos, mijo...

BRRIINNGGG BRRIIINNGGGG BRRIIINNNGG BRRIIIIIIIINNGG

AY AY AY CASI CASI ESTÁS CONVENCIDA AY AY AY SIN QUERER QUERIENDO JA YA MERO YA

Estás frente al espejo viéndote envejecida gorda de tanto escape rechoncha y retecontenta y te habías dejado por el susto por el miedo a la muerte a todo lo que no sabías y a lo mejor no te lo imaginaste todo ni nada y a lo mejor te va a pasar algo ARGO pero ARGO HUELE MAL EN SOUTHWEST CITY y tú ahora te ves transformándote decidida a lo que venga a lo que digan hagan escupan ahora vas a actuar a buscarte tu esencia dentro de ti misma y que venga la crítica las directas indirectas porque lo que tú has pensado lo que tú te has hecho **por no haber hecho nada nunca** desde niña eso sí ahora **ya no puedes seguir igual** y tú te ves en el espejo tus ojos LOS OJOS DE ELLOS OTRO MODO DE SER EN LOS OJOS DE ELLOS y no es tu cara ya en el espejo es la cara de PUPPET de un niño de pocos años y ahora no hay que sobreexplicar nada más, hay que seguir adelante con valor con humor con huevos-ovarios con lo único que puedes que eras tú y decidida vas a ser Y LOS OJOS DE PUPPET líquidos bellos ojos café un mundo nuevo sin color ideas bellas otro modo PUPPET María ojos llenos de esperanza Belita como no las hay Marisa nuevo mundo y Memo amistad la mano de cariño y tú empiezas a sentir una decisión y un cariño y hay que contestar la llamada...el teléfono...quién te llama quién

—Pat? Petra Leyva...Patricia? Soy yo...
—Puppet? dices tú...Memo...Puppet?...
—Mija, dice la voz, —hermana, **qué esperas?**

La autora, Margarita Cota-Cárdenas, nació en el pueblito fronterizo de Heber, California, en el Valle Imperial, en 1941. Su padre es de Sonora, México y su madre de Nuevo Mexico de familia méxico-texana. Sus padres fueron campesinos por muchos años y después contratistas de obreros también.

Como madre divorciada de tres hijos, Margarita luchó para educarse y se recibió en Stanislaus State College (B.A. 1966), la Universidad de California, Davis (M.A. 1968), y la Universidad de Arizona (Ph.D. 1980). Ha publicado poesía, cuentos y estudios críticos.

Margarita es co-fundadora de Scorpion Press, donde ha publicado libros de poesía de mujeres bilingües. Su propia colección, **Noches despertando inConciencias** (1975) fue bien recibida, y están por salir **Antimitos y contraleyendas** y **Marchitas de mayo: sones pa'al pueblo**. Es profesora de literatura chicana y mexicana en Arizona State University, Tempe, desde 1981.

Puppet es su primera novela, y está ahora coleccionando trozos de periódicos para una novela sobre el Movimiento del Sanctuario.